瑞蘭國際

日本老師教你的生活萬用句

新版

元氣日語編輯小組 編著

作者序

生活に役立つフレーズだけを「ぎゅっ」と集めた1冊がこれ！

日本で生活するのに必要な、役立つフレーズが凝縮された本ができました！暗記する必要は一切ありません。つねに持ち歩き、必要なときに取り出して使いましょう。

内容は、日本での生活場面を、「食」「衣」「住」「行」「育」「楽」6つのテーマに分け、それぞれの場面で必要なフレーズを紹介しています。お店で「コーヒーをお願いします」（麻煩給我咖啡）と言えれば、ほしいものにありつくことができますし、「私もそう思います」（我也是這樣想）と言えれば、日本人とさらに近しくなれるかもしれません。

さらに、実用的な単語が分類別になって紹介されていますので、いつでも取り出し、口にすることが可能です。ほしいと思った単語が、すぐさま日本語になるというわけです。これらは、知り合った日本人と気軽に会話を楽しみ、仲良くなるのにも重宝します。

そのほか、すべての日本語にローマ字が付記されていますので、付属のQRコードをスキャンして音声を流せば、誰でも正確な日本語を口にすることができます。

さあ、準備はできましたか。日本語を自由自在に操り、日本での生活を満喫しましょう！

生活必備萬用句，帶這本就夠了！

結合在日本生活必備、一定派得上用場的萬用句誕生了！這本書完全不用背。經常把它帶在身邊，需要的時候，拿出來用吧！

這本書的內容，是把在日本生活的場景，分成「食」、「衣」、「住」、「行」、「育」、「樂」六個主題，並分別介紹各個場景必備的句子。像是在店裡說「コーヒーをお願いします」（麻煩給我咖啡），就可以要到想要的東西；又例如說「私もそう思います」（我也是這樣想），說不定可以因此和日本人更親近。

而且，由於這本書還分門別類介紹實用單字，所以隨時可以拿出來琅琅上口。也就是說，一旦有想用的單字，可以立刻變成日文。而這些，都可以讓您享受和認識的日本人輕鬆對話的樂趣，也有助於您結交到好友。

此外，由於本書所有的日文皆附上羅馬拼音，所以若能掃描所附的QR Code播放音檔，誰都可以說出一口正確的日語。

那麼，準備好了嗎？就讓我們自由自在地運用日文，好好體會在日本的生活吧！

元氣日語編輯小組

こんどうともこ

STEP 1

您可以先這樣認識日本……

老師教你的日本生活指南

想知道日本有哪些不可錯過的祭典嗎？日本的國定假日有哪些呢？這些與生活息息相關的活動、例假，你一定要知道！

日本的祭典

日本是一個熱愛祭典的民族，每年大大小小的祭典合起來，不下數百個，建議您在每次赴日旅遊前，都能夠先上網輸入關鍵字「日本の祭一覧」，查詢自己要去的地方何時會舉辦祭典，如此一來，旅程會更有收穫喔！以下介紹幾個日本知名祭點：

青森市　青森ねぶた祭り（青森佞武多祭）

地點　青森縣青森市

舉辦時間　每年八月二日～七日

交通　JR「青森」站下車

特色

「青森佞武多祭」在一九八〇年，被日本指定為「國家重要無形民俗文化財產」，在一年一次為期六天的祭典裡，每天都擁入五十萬以上的人潮。

此祭典最大的特色，就是在活動進行時，街道上隨處可見宏偉壯觀、氣勢非凡、美輪美奐、有如藝[illegible]品般的「立體燈籠花車」，來到此地，若能租件祭典[illegible]用的專用浴衣，一邊喊著「ラッセラーラッセラー」（< [illegible] >：此祭典之口號，有打起[illegible]精神、加油之意），一邊跟著遊行，絕對能創造出[illegible]忘的夏日回憶。

340

仙台市　仙台七夕まつり（仙台七夕祭）

地點　宮城縣仙台市

舉辦時間　每年八月六日～八日

交通　JR「仙台」站下車

特色

日本東北地區有三大祭典，分別是青森縣的「青森佞武多祭」、宮城縣的「仙台七夕祭」，以及秋田縣的「竿燈祭」，其中以較為靜態的「仙台七夕祭」吸引最多人潮，單日拜訪人數高達七十萬人以上。

此祭典的由來，顧名思義，一開始是為了祭拜牛郎與織女星。現在最大的特色，則是在活動前一天，也就是八月五日晚上，會發放一萬發以上的煙火，照亮整個夜空，宣告歡樂的祭典就要開始。而為期三天的祭典，商店街高掛著三千枝的巨型綠竹，上面綁著七彩繽紛的裝飾，每當清風吹來，綠竹上的流蘇隨著擺動，真是美不勝收。

日本的節日

儘管日本給人的印象是熱愛工作的民族，好像全年無休，但事實上，日本的國定假日可不少喔！

日本的國定假日合起來大約有二十天，再加上週休二日制，以及國定假日遇到週六和週日也一定會補休，所以一年裡有好幾個時段，一定會遇到大連假。在此提醒親愛的讀者，可以參考以下的整理，設定出國的時間，免得人擠人喔！

一月～三月的國定假日

元日　一月一日　元旦

日本的過年。為了迎接神明，日本人會在家門上裝飾年松，並享用在除夕夜（十二月三十一日）之前就準備好的涼涼的年菜。此外，也會到神社或寺廟做「初詣」（新年首次參拜）。

成人の日　一月的第二個星期一　成人之日

為慶祝年滿二十歲的青年男女長大成人的節日。期盼藉由這個節日，提醒他們已經成年，希望他們能夠自己克服困難。如果這一天到日本玩，可以在街上看到很多二十歲的女孩子們，穿著華麗和服的可愛模樣喔！

344

建国記念の日　二月十一日　建國紀念日

日本神武天皇即位的日子。希望藉由這個日子，提升日本國民的愛國心。

天皇誕生日　二月二十三日　天皇誕生日

現任「德仁」天皇的生日。

春分の日　三月十九日到二十二日的其中一天　春分之日

春分，即晝夜一樣長的日子。

四月～六月的國定假日

昭和の日　四月二十九日　昭和之日

日本昭和天皇的生日。期盼大家藉由這個日子，緬懷讓日本一躍成為強國的昭和時代，並為國家的未來而努力。

憲法記念日　五月三日　憲法紀念日

日本立憲的紀念日。

みどりの日　五月四日　綠之日

希望大家親近自然、並愛護自然的節日。

345

STEP 2

您可以這樣使用萬用字及萬用句……

老師教你的生活萬用字

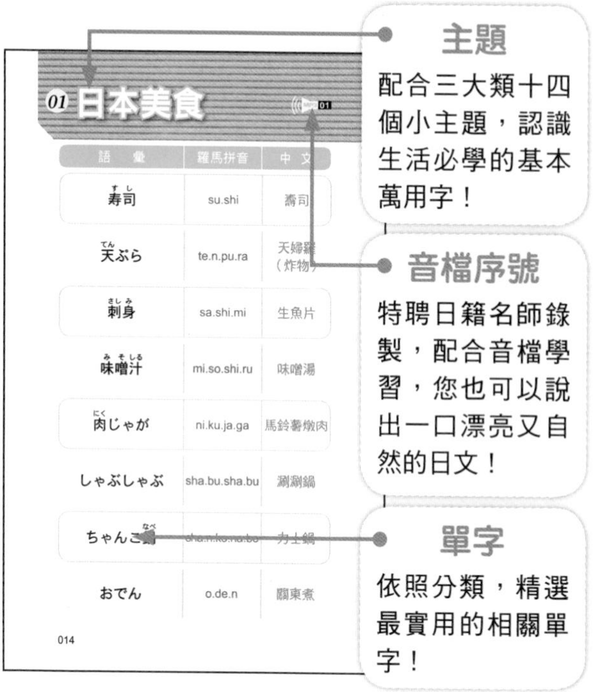

01 日本美食
MP3 01
語彙
羅馬拼音
中文
寿司
su.shi
壽司
天ぷら
te.n.pu.ra
天婦羅（炸物）
刺身
sa.shi.mi
生魚片
味噌汁
mi.so.shi.ru
味噌湯
肉じゃが
ni.ku.ja.ga
馬鈴薯燉肉
しゃぶしゃぶ
sha.bu.sha.bu
涮涮鍋
おでん
o.de.n
關東煮
014
主題
配合三大類十四個小主題，認識生活必學的基本萬用字！
音檔序號
特聘日籍名師錄製，配合音檔學習，您也可以說出一口漂亮又自然的日文！
單字
依照分類，精選最實用的相關單字！

老師教你的生活萬用句

老師教你說、你也可以這樣說

最實用、最基礎簡單的句子，說出整句日文一點也不難！

1 卵(たまご)は安(やす)いです。
ta.ma.go wa ya.su.i de.su
蛋很便宜。

2 りんごは赤(あか)いです。
ri.n.go wa a.ka.i de.su
蘋果是紅的。

3 わさびは辛(から)いです。
wa.sa.bi wa ka.ra.i de.su
芥末很辣。

4 チョコレートは甘(あま)いです。
cho.ko.re.e.to wa a.ma.i de.su
巧克力很甜。

5 刺身(さしみ)はおいしいです。
sa.shi.mi wa o.i.shi.i de.su
生魚片很好吃。

060

中文翻譯

貼近原文的翻譯，是最符合日語學習的思考模式！

如何掃描 QR Code 下載音檔

1. 以手機內建的相機或是掃描 QR Code 的 App 掃描封面的 QR Code。
2. 點選「雲端硬碟」的連結之後，進入音檔清單畫面，接著點選畫面右上角的「三個點」。
3. 點選「新增至「已加星號」專區」一欄，星星即會變成黃色或黑色，代表加入成功。
4. 開啟電腦，打開您的「雲端硬碟」網頁，點選左側欄位的「已加星號」。
5. 選擇該音檔資料夾，點滑鼠右鍵，選擇「下載」，即可將音檔存入電腦。

6 台湾の果物は甘いです。
ta.i.wa.n no ku.da.mo.no wa a.ma.i de.su
台灣的水果很甜。

7 子供は飴が好きです。
ko.do.mo wa a.me ga su.ki de.su
小朋友喜歡糖果。

8 バナナが一番好きです。
ba.na.na ga i.chi.ba.n su.ki de.su
最喜歡香蕉。

9 妹はりんごが好きです。
i.mo.o.to wa ri.n.go ga su.ki de.su
妹妹喜歡蘋果。

10 母の料理が一番です。
ha.ha no ryo.o.ri ga i.chi.ba.n de.su
我母親的料理最棒。

061

Ch1 食

場景

依照食、衣、住、行、育、樂六大生活類別，迅速學會各種生活萬用句！

羅馬拼音

全書日文皆附上羅馬拼音，只要跟著唸唸看，您也可以變成日文達人！

作者序 ⊃002

如何使用本書 ⊃004

PART 1 老師教你的

生活萬用字 010

Chapter 1 美食生活篇 ⊃013

01 日本美食
02 飲料
03 蔬菜
04 水果
05 味道、感覺

Chapter 2 日常生活篇 ⊃031

01 生活場所
02 生活用品
03 衣服
04 顏色
05 交通工具
06 位置、方向
07 家庭電器

Chapter 3 家庭生活篇 ⊃049

01 興趣與嗜好
02 家族稱謂

PART 2 老師教你的生活萬用句 056

Chapter 1 食 ➲059

Chapter 2 衣 ➲101

Chapter 3 住 ➲125

Chapter 4 行 ➲201

Chapter 5 育 ➲231

Chapter 6 樂 ➲297

附錄 老師教你的日本生活指南 338

01 日本的祭典

02 日本的節日

PART 1

Chapter 1 美食生活篇

Chapter 2 日常生活篇

老師教你的
生活萬用字

Chapter 3 家庭生活篇

非常好吃。

とてもおいしいです。

to.te.mo o.i.shi.i de.su

非常好吃。

Chapter 1

→ 美食生活篇

01 日本美食
02 飲料
03 蔬菜
04 水果
05 味道、感覺

01 日本美食

MP3 01

語彙	羅馬拼音	中文
寿司（すし）	su.shi	壽司
天（てん）ぷら	te.n.pu.ra	天婦羅（炸物）
刺身（さしみ）	sa.shi.mi	生魚片
味噌汁（みそしる）	mi.so.shi.ru	味噌湯
肉（にく）じゃが	ni.ku.ja.ga	馬鈴薯燉肉
しゃぶしゃぶ	sha.bu.sha.bu	涮涮鍋
ちゃんこ鍋（なべ）	cha.n.ko.na.be	力士鍋
おでん	o.de.n	關東煮

語　彙	羅馬拼音	中　文
とんかつ	to.n.ka.tsu	炸豬排
和菓子（わがし）	wa.ga.shi	和菓子
カレーライス	ka.re.e.ra.i.su	咖哩飯
コロッケ	ko.ro.k.ke	可樂餅
オムライス	o.mu.ra.i.su	蛋包飯
グラタン	gu.ra.ta.n	焗烤通心麵
ラーメン	ra.a.me.n	拉麵
ざるそば	za.ru.so.ba	笊籬蕎麥麵

語彙	羅馬拼音	中文
エビフライ定食（ていしょく）	e.bi.fu.ra.i te.e.sho.ku	炸蝦定食
焼（や）き鳥（とり）	ya.ki.to.ri	串燒
月見（つきみ）うどん	tsu.ki.mi. u.do.n	月見烏龍麵
牛丼（ぎゅうどん）	gyu.u.do.n	牛肉蓋飯
親子丼（おやこどん）	o.ya.ko.do.n	雞肉雞蛋蓋飯
天丼（てんどん）	te.n.do.n	天婦羅蓋飯
うな丼（どん）	u.na.do.n	鰻魚蓋飯
かつ丼（どん）	ka.tsu.do.n	炸豬排蓋飯

語　彙	羅馬拼音	中　文
かいせんどん 海鮮丼	ka.i.se.n.do.n	海鮮蓋飯
なっとう 納豆	na.t.to.o	納豆
うめぼし 梅干	u.me.bo.shi	梅干
ちゃ づ お茶漬け	o.cha.zu.ke	茶泡飯
この や お好み焼き	o.ko.no.mi. ya.ki	什錦燒
や たこ焼き	ta.ko.ya.ki	章魚燒
や すき焼き	su.ki.ya.ki	壽喜燒
たい や 鯛焼き	ta.i.ya.ki	鯛魚燒

語　彙	羅馬拼音	中　文
明太子(めんたいこ)スパゲッティ	me.n.ta.i.ko. su.pa.ge.t.ti	明太子 義大利麵
つけ麺(めん)	tsu.ke.me.n	沾麵
ピザ	pi.za	披薩
ハンバーガー	ha.n.ba.a.ga.a	漢堡
ライスバーガー	ra.i.su. ba.a.ga.a	米漢堡
焼(や)き餃子(ぎょうざ)	ya.ki.gyo.o.za	鍋貼

02 飲料

MP3 02

語彙	羅馬拼音	中文
牛乳（ぎゅうにゅう）	gyu.u.nyu.u	牛奶
ソーダ	so.o.da	汽水、蘇打水
ビール	bi.i.ru	啤酒
ワイン	wa.i.n	葡萄酒
日本酒（にほんしゅ）	ni.ho.n.shu	日本酒
ミネラルウォーター	mi.ne.ra.ru.wo.o.ta.a	礦泉水
紹興酒（しょうこうしゅ）	sho.o.ko.o.shu	紹興酒
お茶（ちゃ）	o cha	茶

語彙	羅馬拼音	中文
ウーロン茶（ちゃ）	u.u.ro.n.cha	烏龍茶
紅茶（こうちゃ）	ko.o.cha	紅茶
麦茶（むぎちゃ）	mu.gi.cha	麥茶
抹茶（まっちゃ）	ma.c.cha	抹茶
緑茶（りょくちゃ）	ryo.ku.cha	綠茶
ココア	ko.ko.a	可可
シェーク	she.e.ku	奶昔
シャンパン	sha.n.pa.n	香檳

語　彙	羅馬拼音	中　文
ウイスキー	u.i.su.ki.i	威士忌
ミルクティー	mi.ru.ku.ti.i	奶茶
カクテル	ka.ku.te.ru	雞尾酒
コーラ	ko.o.ra	可樂
パール ミルクティー	pa.a.ru. mi.ru.ku.ti.i	珍珠奶茶
豆乳（とうにゅう）	to.o.nyu.u	豆漿
ジュース	ju.u.su	果汁
オレンジジュース	o.re.n.ji.ju.u.su	柳橙汁

語　彙	羅馬拼音	中　文
りんごジュース	ri.n.go.ju.u.su	蘋果汁
レモネード	re.mo.ne.e.do	檸檬水
レモンスカッシュ	re.mo.n. su.ka.s.shu	檸檬汽水
コーヒー	ko.o.hi.i	咖啡
カプチーノ	ka.pu.chi.i.no	卡布奇諾
カフェオレ	ka.fe.o.re	咖啡歐蕾、 咖啡牛奶
カフェラテ	ka.fe.ra.te	拿鐵
エスプレッソ	e.su.pu.re.s.so	義大利 濃縮咖啡

03 蔬菜

MP3 03

語　彙	羅馬拼音	中　文
野菜（やさい）	ya.sa.i	蔬菜
白菜（はくさい）	ha.ku.sa.i	白菜
キャベツ	kya.be.tsu	高麗菜
ほうれん草（そう）	ho.o.re.n.so.o	菠菜
もやし	mo.ya.shi	豆芽菜
レタス	re.ta.su	萵苣
ねぎ	ne.gi	蔥
生姜（しょうが）	sho.o.ga	薑

語　彙	羅馬拼音	中　文
にんにく	ni.n.ni.ku	蒜
大根（だいこん）	da.i.ko.n	白蘿蔔
にんじん	ni.n.ji.n	紅蘿蔔
玉（たま）ねぎ	ta.ma.ne.gi	洋蔥
きゅうり	kyu.u.ri	小黃瓜
タロ芋（いも）	ta.ro.i.mo	芋頭
かぼちゃ	ka.bo.cha	南瓜
じゃが芋（いも）	ja.ga.i.mo	馬鈴薯

語　彙	羅馬拼音	中　文
さつま芋（いも）	sa.tsu.ma.i.mo	番薯
アスパラガス	a.su.pa.ra.ga.su	蘆筍
椎茸（しいたけ）	shi.i.ta.ke	香菇
茄子（なす）	na.su	茄子
トマト	to.ma.to	番茄
唐辛子（とうがらし）	to.o.ga.ra.shi	辣椒
ピーマン	pi.i.ma.n	青椒
ゴーヤ / 苦瓜（にがうり）	go.o.ya / ni.ga.u.ri	苦瓜

語　彙	羅馬拼音	中　文
ブロッコリー	bu.ro.k.ko.ri.i	青花菜
とうもろこし	to.o.mo.ro.ko.shi	玉米
えんどう豆（まめ）	e.n.do.o.ma.me	豌豆
栗（くり）	ku.ri	栗子
エリンギ	e.ri.n.gi	杏鮑菇
にら	ni.ra	韭菜
チンゲンサイ	chi.n.ge.n.sa.i	青江菜
春菊（しゅんぎく）	shu.n.gi.ku	茼蒿

04 水果

MP3 04

語彙	羅馬拼音	中文
果物（くだもの）	ku.da.mo.no	水果
桃（もも）	mo.mo	水蜜桃
りんご	ri.n.go	蘋果
梨（なし）	na.shi	梨子
バナナ	ba.na.na	香蕉
葡萄（ぶどう）	bu.do.o	葡萄
いちご	i.chi.go	草莓
すいか	su.i.ka	西瓜

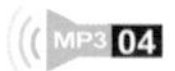

語　彙	羅馬拼音	中　文
パイナップル	pa.i.na.p.pu.ru	鳳梨
みかん	mi.ka.n	橘子
パパイヤ	pa.pa.i.ya	木瓜
マンゴー	ma.n.go.o	芒果
グアバ	gu.a.ba	芭樂
メロン	me.ro.n	哈密瓜
柿（かき）	ka.ki	柿子
さくらんぼ	sa.ku.ra.n.bo	櫻桃

05 味道、感覺

MP3 05

語　彙	羅馬拼音	中　文
すっぱい	su.p.pa.i	酸的
甘(あま)い	a.ma.i	甜的
苦(にが)い	ni.ga.i	苦的
辛(から)い	ka.ra.i	辣的
しょっぱい	sho.p.pa.i	鹹的
熱(あつ)い	a.tsu.i	燙的
冷(つめ)たい	tsu.me.ta.i	冰的
いいにおい	i.i ni.o.i	香的

語　彙	羅馬拼音	中　文
臭(くさ)い	ku.sa.i	臭的
おいしい	o.i.shi.i	美味的
まずい	ma.zu.i	難吃的
油(あぶら)っぽい	a.bu.ra.p.po.i	油膩的
薄(うす)い	u.su.i	清淡的
濃(こ)い	ko.i	濃郁的
さっぱり	sa.p.pa.ri	爽口的
あっさり	a.s.sa.ri	清爽的

Chapter 2

日常生活篇

01 生活場所
02 生活用品
03 衣服
04 顏色
05 交通工具
06 位置、方向
07 家庭電器

01 生活場所

MP3 06

語　彙	羅馬拼音	中　文
学校（がっこう）	ga.k.ko.o	學校
図書館（としょかん）	to.sho.ka.n	圖書館
病院（びょういん）	byo.o.i.n	醫院
薬屋（くすりや）	ku.su.ri.ya	藥房
レストラン	re.su.to.ra.n	餐廳
銀行（ぎんこう）	gi.n.ko.o	銀行
郵便局（ゆうびんきょく）	yu.u.bi.n.kyo.ku	郵局
駅（えき）	e.ki	車站

語　彙	羅馬拼音	中　文
交番（こうばん）	ko.o.ba.n	派出所
空港（くうこう）	ku.u.ko.o	機場
港（みなと）	mi.na.to	港口
本屋（ほんや）	ho.n.ya	書店
トイレ	to.i.re	廁所
教会（きょうかい）	kyo.o.ka.i	教堂
美術館（びじゅつかん）	bi.ju.tsu.ka.n	美術館
博物館（はくぶつかん）	ha.ku.bu.tsu.ka.n	博物館

語　彙	羅馬拼音	中　文
コンビニ	ko.n.bi.ni	便利商店
スーパー	su.u.pa.a	超級市場
パン屋（や）	pa.n.ya	麵包店
映画館（えいがかん）	e.e.ga.ka.n	電影院
美容院（びよういん）	bi.yo.o.i.n	美容院
床屋（とこや）	to.ko.ya	理髮院
遊園地（ゆうえんち）	yu.u.e.n.chi	遊樂園
ジム	ji.mu	健身房

語　彙	羅馬拼音	中　文
会社（かいしゃ）	ka.i.sha	公司
公園（こうえん）	ko.o.e.n	公園
花屋（はなや）	ha.na.ya	花店
クリーニング屋（や）	ku.ri.i.ni.n.gu.ya	洗衣店
ドラッグストア	do.ra.g.gu su.to.a	藥妝店
ネットカフェ	ne.t.to.ka.fe	網咖
写真屋（しゃしんや）	sha.shi.n.ya	照相館
デパート	de.pa.a.to	百貨公司

02 生活用品

MP3 07

語　彙	羅馬拼音	中　文
携帯(電話)（けいたい でんわ）	ke.e.ta.i (de.n.wa)	手機
デジカメ	de.ji.ka.me	數位相機
ＭＰ３（エムピースリー）(プレーヤー)	e.mu.pi.i.su.ri.i (pu.re.e.ya.a)	MP3
腕時計（うでどけい）	u.de.do.ke.e	手錶
ノートブック	no.o.to.bu.k.ku	筆記型電腦
髭剃り（ひげそ）	hi.ge.so.ri	刮鬍刀
ボディソープ	bo.di.so.o.pu	沐浴乳
シャンプー	sha.n.pu.u	洗髮乳

語　彙	羅馬拼音	中　文
リンス	ri.n.su	潤髮乳
歯（は）ブラシ	ha.bu.ra.shi	牙刷
歯磨（はみが）き粉（こ）	ha.mi.ga.ki.ko	牙膏
ドライヤー	do.ra.i.ya.a	吹風機
鏡（かがみ）	ka.ga.mi	鏡子
石（せっ）けん	se.k.ke.n	香皂
タオル	ta.o.ru	毛巾
バスタオル	ba.su.ta.o.ru	浴巾

03 衣服

MP3 08

語　彙	羅馬拼音	中 文
コート	ko.o.to	大衣
ジャケット	ja.ke.t.to	夾克
ズボン	zu.bo.n	褲子
ネクタイ	ne.ku.ta.i	領帶
シャツ	sha.tsu	襯衫
スカート	su.ka.a.to	裙子
スーツ	su.u.tsu	套裝
ワンピース	wa.n.pi.i.su	連身裙

語　彙	羅馬拼音	中　文
セーター	se.e.ta.a	毛衣
Tシャツ（ティー）	ti.i.sha.tsu	T恤
ポロシャツ	po.ro.sha.tsu	POLO衫
下着（したぎ）	shi.ta.gi	內衣褲
ブラジャー	bu.ra.ja.a	內衣（胸罩）
パンツ	pa.n.tsu	內褲
背広（せびろ）	se.bi.ro	男士西裝
水着（みずぎ）	mi.zu.gi	泳衣

Ch2 日常

04 顏色

MP3 09

語　彙	羅馬拼音	中　文
赤（あか）	a.ka	紅色
オレンジ	o.re.n.ji	橙色
黄色（きいろ）	ki.i.ro	黃色
緑（みどり）	mi.do.ri	綠色
青（あお）	a.o	藍色
紺色（こんいろ）	ko.n.i.ro	靛色
紫（むらさき）	mu.ra.sa.ki	紫色
ピンク	pi.n.ku	粉紅色

語　彙	羅馬拼音	中　文
金色（きんいろ）	ki.n.i.ro	金色
銀色（ぎんいろ）	gi.n.i.ro	銀色
白（しろ）	shi.ro	白色
黒（くろ）	ku.ro	黑色
灰色（はいいろ）	ha.i.i.ro	灰色
クリーム色（いろ）	ku.ri.i.mu.i.ro	米白色
濃（こ）い色（いろ）	ko.i i.ro	深色
薄（うす）い色（いろ）	u.su.i i.ro	淺色

Ch2 日常

05 交通工具

MP3 10

語彙	羅馬拼音	中文
車（くるま）	ku.ru.ma	汽車
自転車（じてんしゃ）	ji.te.n.sha	腳踏車
バイク	ba.i.ku	摩托車
タクシー	ta.ku.shi.i	計程車
バス	ba.su	巴士
観光（かんこう）バス	ka.n.ko.o. ba.su	遊覽車
電車（でんしゃ）	de.n.sha	電車
地下鉄（ちかてつ）	chi.ka.te.tsu	地下鐵

語　彙	羅馬拼音	中　文
新幹線（しんかんせん）	shi.n.ka.n.se.n	新幹線
船（ふね）	fu.ne	船
クルーズ客船（きゃくせん）	ku.ru.u.zu. kya.ku.se.n	遊輪
ボート	bo.o.to	遊艇
飛行機（ひこうき）	hi.ko.o.ki	飛機
パトカー	pa.to.ka.a	警車
消防車（しょうぼうしゃ）	sho.o.bo.o.sha	消防車
救急車（きゅうきゅうしゃ）	kyu.u.kyu.u. sha	救護車

06 位置、方向

MP3 11

語　彙	羅馬拼音	中　文
東（ひがし）	hi.ga.shi	東方
西（にし）	ni.shi	西方
南（みなみ）	mi.na.mi	南方
北（きた）	ki.ta	北方
右（みぎ）	mi.gi	右邊
左（ひだり）	hi.da.ri	左邊
ここ	ko.ko	這邊（這裡）
そこ	so.ko	那邊（那裡）

語　彙	羅馬拼音	中　文
どこ	do.ko	哪邊（哪裡）
側（そば）	so.ba	旁邊
前（まえ）	ma.e	前面
後（うし）ろ	u.shi.ro	後面
上（うえ）	u.e	上面
下（した）	shi.ta	下面
中（なか）	na.ka	裡面
外（そと）	so.to	外面

Ch2 日常

07 家庭電器

MP3 12

語彙	羅馬拼音	中文
テレビ	te.re.bi	電視機
ステレオ	su.te.re.o	音響
冷蔵庫（れいぞうこ）	re.e.zo.o.ko	電冰箱
炊飯器（すいはんき）	su.i.ha.n.ki	電子鍋
電子（でんし）レンジ	de.n.shi.re.n.ji	微波爐
魔法瓶（まほうびん）	ma.ho.o.bi.n	熱水瓶
食器洗（しょっきあら）い機（き）	sho.k.ki.a.ra.i.ki	洗碗機
掃除機（そうじき）	so.o.ji.ki	吸塵器

語　彙	羅馬拼音	中　文
洗濯機（せんたくき）	se.n.ta.ku.ki	洗衣機
乾燥機（かんそうき）	ka.n.so.o.ki	烘衣機
ふとん乾燥機（かんそうき）	fu.to.n. ka.n.so.o.ki	烘被機
ミシン	mi.shi.n	縫紉機
アイロン	a.i.ro.n	熨斗
エアコン	e.a.ko.n	空調
ヒーター	hi.i.ta.a	電熱器
クーラー	ku.u.ra.a	冷氣

いいお天気(てんき)ですね。
i.i o te.n.ki de.su ne
天氣真好啊！

Chapter 3

→ 家庭生活篇

01 興趣與嗜好
02 家族稱謂

01 興趣與嗜好

MP3 13

語　彙	羅馬拼音	中　文
書道（しょどう）	sho.do.o	寫書法
華道（かどう）	ka.do.o	插花
茶道（さどう）	sa.do.o	茶道
音楽鑑賞（おんがくかんしょう）	o.n.ga.ku. ka.n.sho.o	聽音樂
映画鑑賞（えいがかんしょう）	e.e.ga. ka.n.sho.o	看電影
ダンス / 踊り（おどり）	da.n.su / o.do.ri	舞蹈
旅行（りょこう）	ryo.ko.o	旅行
登山（とざん）	to.za.n	登山

語　彙	羅馬拼音	中　文
読書（どくしょ）	do.ku.sho	閱讀
写真撮影（しゃしんさつえい）	sha.shi.n. sa.tsu.e.e	攝影
スポーツ / 運動（うんどう）	su.po.o.tsu / u.n.do.o	運動
折り紙（おりがみ）	o.ri.ga.mi	摺紙
園芸（えんげい）	e.n.ge.e	園藝
編み物（あみもの）	a.mi.mo.no	編織
麻雀（マージャン）	ma.a.ja.n	打麻將
散歩（さんぽ）	sa.n.po	散步

02 家族稱謂

MP3 14

語　彙	羅馬拼音	中　文
家族（かぞく）	ka.zo.ku	家族
私（わたし）	wa.ta.shi	我
ぼく	bo.ku	我（男子對平輩或晚輩的自稱）
夫（おっと）	o.t.to	丈夫、先生
妻（つま）	tsu.ma	妻子、太太
兄（あに）	a.ni	哥哥
お兄（にい）さん	o.ni.i.sa.n	尊稱他人的哥哥
姉（あね）	a.ne	姊姊

語　彙	羅馬拼音	中　文
お姉(ねえ)さん	o.ne.e.sa.n	尊稱他人的姊姊
弟(おとうと)	o.to.o.to	弟弟
妹(いもうと)	i.mo.o.to	妹妹
いとこ	i.to.ko	堂、表兄弟姊妹
息子(むすこ)	mu.su.ko	兒子
娘(むすめ)	mu.su.me	女兒
長女(ちょうじょ)	cho.o.jo	長女
次男(じなん)	ji.na.n	次男

語　彙	羅馬拼音	中　文
孫（まご）	ma.go	孫子
祖父（そふ）	so.fu	（外）祖父
お爺さん（じい）	o.ji.i.sa.n	尊稱（自己或他人的）（外）祖父、老公公
祖母（そぼ）	so.bo	（外）祖母
お婆さん（ばあ）	o.ba.a.sa.n	尊稱（自己或他人的）（外）祖母、老婆婆
両親（りょうしん）	ryo.o.shi.n	雙親
父（ちち）	chi.chi	家父
お父さん（とう）	o.to.o.sa.n	尊稱（自己或他人的）父親

語　彙	羅馬拼音	中　文
母（はは）	ha.ha	家母
お母（かあ）さん	o.ka.a.sa.n	尊稱（自己或他人的）母親
舅（しゅうと）	shu.u.to	公公
姑（しゅうとめ）	shu.u.to.me	婆婆
おじ	o.ji	伯伯、叔叔、舅舅、姑丈、姨丈
おば	o.ba	伯母、嬸嬸、舅媽、姑姑、阿姨

PART 2

Chapter 1 食

Chapter 2 衣

Chapter 3 住

老師教你的
生活萬用句

Chapter 4 行

Chapter 5 育

Chapter 6 樂

お元気ですか。

o ge.n.ki de.su ka

你好嗎？

Chapter 1

→ 食

1 卵(たまご)は安(やす)いです。

ta.ma.go wa ya.su.i de.su

蛋很便宜。

2 りんごは赤(あか)いです。

ri.n.go wa a.ka.i de.su

蘋果是紅的。

3 わさびは辛(から)いです。

wa.sa.bi wa ka.ra.i de.su

芥末很辣。

4 チョコレートは甘(あま)いです。

cho.ko.re.e.to wa a.ma.i de.su

巧克力很甜。

5 刺身(さしみ)はおいしいです。

sa.shi.mi wa o.i.shi.i de.su

生魚片很好吃。

6 台湾の果物は甘いです。

ta.i.wa.n no ku.da.mo.no wa a.ma.i de.su

台灣的水果很甜。

7 子供は飴が好きです。

ko.do.mo wa a.me ga su.ki de.su

小朋友喜歡糖果。

8 バナナが一番好きです。

ba.na.na ga i.chi.ba.n su.ki de.su

最喜歡香蕉。

9 妹はりんごが好きです。

i.mo.o.to wa ri.n.go ga su.ki de.su

妹妹喜歡蘋果。

10 母の料理が一番です。

ha.ha no ryo.o.ri ga i.chi.ba.n de.su

我母親的料理最棒。

11 お茶(ちゃ)が好(す)きです。

o cha ga su.ki de.su

喜歡喝茶。

12 アジア人(じん)はご飯(はん)が好(す)きです。

a.ji.a.ji.n wa go.ha.n ga su.ki de.su

亞洲人喜歡米飯。

13 肉(にく)が嫌(きら)いです。

ni.ku ga ki.ra.i de.su

討厭吃肉。

14 嫌(きら)いな食(た)べ物(もの)はにんじんです。

ki.ra.i.na ta.be.mo.no wa ni.n.ji.n de.su

討厭的食物是紅蘿蔔。

15 味(あじ)はどうですか。

a.ji wa do.o de.su ka

味道如何呢？

16 おいしいので、食べ過ぎてしまいました。
o.i.shi.i no.de ta.be.su.gi.te shi.ma.i.ma.shi.ta
因為好吃，吃太多了。

17 お酒はあまり飲みません。
o sa.ke wa a.ma.ri no.mi.ma.se.n
不太喝酒。

18 いらっしゃいませ。
i.ra.s.sha.i.ma.se
歡迎光臨。

19 これ、どうぞ。
ko.re do.o.zo
這個，請用。

20 ありがとうございます。
a.ri.ga.to.o go.za.i.ma.su
謝謝您。

お先（さき）にどうぞ。

o sa.ki ni do.o.zo

請先用。

いただきます。

i.ta.da.ki.ma.su

開動了。

ごちそうさまでした。

go.chi.so.o.sa.ma de.shi.ta

吃飽了；謝謝招待。

もっとたくさん食（た）べてください。

mo.t.to ta.ku.sa.n ta.be.te ku.da.sa.i

請再多吃一點。

本当（ほんとう）においしいです。

ho.n.to.o ni o.i.shi.i de.su

實在很好吃。

これはとてもまずいです。

ko.re wa to.te.mo ma.zu.i de.su

這個非常難吃。

もう食(た)べました。

mo.o ta.be.ma.shi.ta

已經吃了。

もうちょっとください。

mo.o cho.t.to ku.da.sa.i

請再給一些。

お腹(なか)がいっぱいです。

o.na.ka ga i.p.pa.i de.su

肚子好飽。

スーパーで食(た)べ物(もの)を買(か)います。

su.u.pa.a de ta.be.mo.no o ka.i.ma.su

在超市買食物。

スーパーで肉(にく)や野菜(やさい)などを買(か)いました。

su.u.pa.a de ni.ku ya ya.sa.i na.do o ka.i.ma.shi.ta

在超市買了肉和蔬菜等。

八百屋(やおや)でトマトを２つ(ふた)買(か)いました。

ya.o.ya de to.ma.to o fu.ta.tsu ka.i.ma.shi.ta

在蔬果店買了二個番茄。

１つ(ひと)８00円(はっぴゃくえん)です。

hi.to.tsu ha.p.pya.ku.e.n de.su

一個八百日圓。

全部(ぜんぶ)で１(いち)キロあります。

ze.n.bu de i.chi.ki.ro a.ri.ma.su

總共有一公斤。

みかんはいくつありますか。

mi.ka.n wa i.ku.tsu a.ri.ma.su ka

橘子有幾個呢？

りんごは1(ひと)ついくらですか。

ri.n.go wa hi.to.tsu i.ku.ra de.su ka

蘋果一個多少錢呢？

りんごが5個(ごこ)あります。

ri.n.go ga go.ko a.ri.ma.su

有五個蘋果。

100円(ひゃくえん)だけあります。

hya.ku.e.n da.ke a.ri.ma.su

只有一百日圓。

全部(ぜんぶ)で100円(ひゃくえん)です。

ze.n.bu de hya.ku.e.n de.su

總共一百日圓。

レストランでご飯(はん)を食(た)べます。

re.su.to.ra.n de go.ha.n o ta.be.ma.su

在餐廳吃飯。

老師教你說 17 MP3

41 一緒(いっしょ)に飲(の)みませんか。

i.s.sho ni no.mi.ma.se.n ka

一起喝一杯嗎？

42 豚骨(とんこつ)ラーメンを1(ひと)つください。

to.n.ko.tsu.ra.a.me.n o hi.to.tsu ku.da.sa.i

請給我一碗豚骨拉麵。

43 お茶(ちゃ)を入(い)れてください。

o cha o i.re.te ku.da.sa.i

請泡茶。

44 お菓子(かし)はどこにありますか。

o ka.shi wa do.ko ni a.ri.ma.su ka

點心放在哪裡呢？

45 お酒(さけ)は米(こめ)で造(つく)りました。

o sa.ke wa ko.me de tsu.ku.ri.ma.shi.ta

日本酒是米釀的。

46 お弁当(べんとう)を忘(わす)れました。
o be.n.to.o o wa.su.re.ma.shi.ta
把便當給忘了。

47 インド人(じん)はいつもカレーを食(た)べます。
i.n.do.ji.n wa i.tsu.mo ka.re.e o ta.be.ma.su
印度人經常吃咖哩。

48 口(くち)に合(あ)います。
ku.chi ni a.i.ma.su
合胃口。

49 けっこうおいしいです。
ke.k.ko.o o.i.shi.i de.su
還滿好吃的。

50 今朝(けさ)、パンを食(た)べました。
ke.sa pa.n o ta.be.ma.shi.ta
今天，早上吃了麵包。

51 駅の前に喫茶店があります。
e.ki no ma.e ni ki.s.sa.te.n ga a.ri.ma.su
車站前面有咖啡廳。

52 喫茶店で会いましょう。
ki.s.sa.te.n de a.i.ma.sho.o
在咖啡廳碰面吧！

53 熱いコーヒーが飲みたいです。
a.tsu.i ko.o.hi.i ga no.mi.ta.i de.su
想喝熱的咖啡。

54 紅茶に砂糖とミルクは入れますか。
ko.o.cha ni sa.to.o to mi.ru.ku wa i.re.ma.su ka
紅茶裡要加糖和奶精嗎？

55 コーヒーに砂糖を入れました。
ko.o.hi.i ni sa.to.o o i.re.ma.shi.ta
咖啡裡加了糖。

56 コーヒーと紅茶、どちらが好きですか。

ko.o.hi.i to ko.o.cha do.chi.ra ga su.ki de.su ka

咖啡和紅茶，喜歡哪一種呢？

57 じゃ、コーヒーをお願いします。

ja ko.o.hi.i o o ne.ga.i shi.ma.su

那麼，麻煩給我咖啡。

58 何を飲みますか。

na.ni o no.mi.ma.su ka

要喝什麼呢？

59 飲み物はいかがですか。

no.mi.mo.no wa i.ka.ga de.su ka

要不要喝飲料呢？

60 冷たい水をください。

tsu.me.ta.i mi.zu o ku.da.sa.i

請給我冰水。

水(みず)を飲(の)みます。

mi.zu o no.mi.ma.su

喝水。

コーヒーはいかがですか。

ko.o.hi.i wa i.ka.ga de.su ka

要不要喝咖啡呢？

這樣說 63

ええ、お願(ねが)いします。

e.e o ne.ga.i shi.ma.su

嗯，麻煩你。

コーヒーをもう１杯(いっぱい)いかがですか。

ko.o.hi.i o mo.o i.p.pa.i i.ka.ga de.su ka

再來一杯咖啡如何呢？

ここは食堂(しょくどう)です。

ko.ko wa sho.ku.do.o de.su

這裡是食堂。

学校（がっこう）の食堂（しょくどう）は安（やす）いです。

ga.k.ko.o no sho.ku.do.o wa ya.su.i de.su

學校的食堂很便宜。

昼（ひる）は食堂（しょくどう）で食（た）べました。

hi.ru wa sho.ku.do.o de ta.be.ma.shi.ta

中午在食堂吃了。

食堂（しょくどう）で昼（ひる）ご飯（はん）を食（た）べました。

sho.ku.do.o de hi.ru.go.ha.n o ta.be.ma.shi.ta

在食堂吃了午飯。

子供（こども）はスプーンでご飯（はん）を食（た）べます。

ko.do.mo wa su.pu.u.n de go.ha.n o ta.be.ma.su

小朋友用湯匙吃飯。

あのレストランはおいしいです。
そして安（やす）いです。

a.no re.su.to.ra.n wa o.i.shi.i de.su
so.shi.te ya.su.i de.su

那間餐廳好吃。而且便宜。

這樣說 71

ご飯(はん)を食(た)べます。

go.ha.n o ta.be.ma.su

吃飯。

這樣說 72

卵料理(たまごりょうり)はいろいろあります。

ta.ma.go ryo.o.ri wa i.ro.i.ro a.ri.ma.su

蛋料理種類繁多。

這樣說 73

茶碗(ちゃわん)を洗(あら)ってください。

cha.wa.n o a.ra.t.te ku.da.sa.i

請把碗洗一洗。

這樣說 74

はしを使(つか)います。

ha.shi o tsu.ka.i.ma.su

使用筷子。

這樣說 75

インド人(じん)は手(て)でご飯(はん)を食(た)べます。

i.n.do.ji.n wa te de go.ha.n o ta.be.ma.su

印度人用手吃飯。

鶏肉（とりにく）を使（つか）ってください。

to.ri.ni.ku o tsu.ka.t.te ku.da.sa.i

請使用雞肉。

塩（しお）を取（と）ってください。

shi.o o to.t.te ku.da.sa.i

請拿鹽給我。

ナイフで肉（にく）を切（き）ります。

na.i.fu de ni.ku o ki.ri.ma.su

用刀切肉。

このスープは冷（さ）めています。

ko.no su.u.pu wa sa.me.te i.ma.su

這個湯是冷的。

はしでご飯（はん）を食（た）べます。

ha.shi de go.ha.n o ta.be.ma.su

用筷子吃飯。

老師教你說 19 MP3

81 バターを塗(ぬ)って食(た)べます。
ba.ta.a o nu.t.te ta.be.ma.su
塗著奶油吃。

82 晩(ばん)ご飯(はん)ができました。
ba.n.go.ha.n ga de.ki.ma.shi.ta
晚餐煮好了。

83 よくパンを食(た)べます。
yo.ku pa.n o ta.be.ma.su
經常吃麵包。

84 家族(かぞく)と晩(ばん)ご飯(はん)を食(た)べます。
ka.zo.ku to ba.n.go.ha.n o ta.be.ma.su
和家人共進晚餐。

85 半分(はんぶん)にしてください。
ha.n.bu.n ni shi.te ku.da.sa.i
請分成一半。

86 祖母(そぼ)はみかんを7(なな)つも食(た)べました。
so.bo wa mi.ka.n o na.na.tsu mo ta.be.ma.shi.ta
祖母居然吃了七個橘子。

87 フォークを右(みぎ)に置(お)きます。
fo.o.ku o mi.gi ni o.ki.ma.su
把叉子擺在右邊。

88 豚肉(ぶたにく)を炒(いた)めます。
bu.ta.ni.ku o i.ta.me.ma.su
炒豬肉。

89 毎日(まいにち)野菜(やさい)を食(た)べなさい。
ma.i.ni.chi ya.sa.i o ta.be.na.sa.i
每天要吃蔬菜！

90 そろそろ晩(ばん)ご飯(はん)の時間(じかん)です。
so.ro.so.ro ba.n.go.ha.n no ji.ka.n de.su
差不多晚餐的時間了。

91 お母(かあ)さんの料理(りょうり)はおいしいですか。
o.ka.a.sa.n no ryo.o.ri wa o.i.shi.i de.su ka
令堂的料理好吃嗎？

92 朝(あさ)ご飯(はん)を食(た)べます。
a.sa.go.ha.n o ta.be.ma.su
吃早餐。

93 塩(しお)で味(あじ)をつけます。
shi.o de a.ji o tsu.ke.ma.su
用鹽調味。

94 醤油(しょうゆ)を少(すこ)し入(い)れてください。
sho.o.yu o su.ko.shi i.re.te ku.da.sa.i
請加入少許醬油。

95 砂糖(さとう)が少(すく)ないです。
sa.to.o ga su.ku.na.i de.su
糖很少。

96 塩を少し入れましょう。
shi.o o su.ko.shi i.re.ma.sho.o
加入少許鹽吧！

97 このお皿は浅いです。
ko.no o sa.ra wa a.sa.i de.su
這個盤子很淺。

98 味がちょっと濃いです。
a.ji ga cho.t.to ko.i de.su
味道有點濃。

99 アルコールは体に悪いです。
a.ru.ko.o.ru wa ka.ra.da ni wa.ru.i de.su
酒精對身體不好。

100 いくら食べてもお腹がいっぱいになりません。
i.ku.ra ta.be.te mo o.na.ka ga i.p.pa.i.ni na.ri.ma.se.n
再怎麼吃，肚子也不覺得飽。

這樣說 101

この店の寿司はおいしいです。

ko.no mi.se no su.shi wa o.i.shi.i de.su

這間店的壽司很好吃。

這樣說 102

ワイン売り場はどこですか。

wa.i.n u.ri.ba wa do.ko de.su ka

葡萄酒賣場在哪裡呢？

這樣說 103

この薬は4時間おきに飲みます。

ko.no ku.su.ri wa yo.ji.ka.n o.ki ni no.mi.ma.su

這個藥隔四個小時吃。

這樣說 104

奥さんは料理が上手ですね。

o.ku.sa.n wa ryo.o.ri ga jo.o.zu de.su ne

尊夫人廚藝很好耶！

這樣說 105

おいしいケーキの作り方を教えてください。

o.i.shi.i ke.e.ki no tsu.ku.ri.ka.ta o o.shi.e.te ku.da.sa.i

請教我好吃蛋糕的作法。

会社(かいしゃ)の帰(かえ)りにラーメンを食(た)べました。

ka.i.sha no ka.e.ri ni ra.a.me.n o ta.be.ma.shi.ta

下班的歸途吃了拉麵。

週末(しゅうまつ)、ケーキを作(つく)りました。

shu.u.ma.tsu ke.e.ki o tsu.ku.ri.ma.shi.ta

週末，做了蛋糕。

家内(かない)は買(か)い物(もの)に出(で)かけました。

ka.na.i wa ka.i.mo.no ni de.ka.ke.ma.shi.ta

內人外出買東西了。

このクッキーはこの店(みせ)のおすすめ品(ひん)です。

ko.no ku.k.ki.i wa ko.no mi.se no o.su.su.me hi.n de.su

這種餅乾是這家店的推薦產品。

パーティーでご馳走(ちそう)をたくさん
いただきました。

pa.a.ti.i de go.chi.so.o o ta.ku.sa.n i.ta.da.ki.ma.shi.ta

在宴會裡享用了許多佳餚。

這樣說 111

この頃ちょっと太りました。

ko.no go.ro cho.t.to fu.to.ri.ma.shi.ta

最近有點變胖了。

這樣說 112

日本の米はおいしいです。

ni.ho.n no ko.me wa o.i.shi.i de.su

日本的米很好吃。

這樣說 113

今度一緒に食事をしましょう。

ko.n.do i.s.sho ni sho.ku.ji o shi.ma.sho.o

下次一起吃飯吧！

這樣說 114

今朝はサラダしか食べませんでした。

ke.sa wa sa.ra.da shi.ka ta.be.ma.se.n.de.shi.ta

今天早上只吃了沙拉。

這樣說 115

毎朝サンドイッチを食べます。

ma.i.a.sa sa.n.do.i.c.chi o ta.be.ma.su

每天早上吃三明治。

くだもの　　　　つく
果物でジャムを作ります。
ku.da.mo.no de ja.mu o tsu.ku.ri.ma.su
用水果做果醬。

しょくじ　しょうたい
食事に招待します。
sho.ku.ji ni sho.o.ta.i.shi.ma.su
招待用餐。

しょくじ
レストランで食事します。
re.su.to.ra.n de sho.ku.ji.shi.ma.su
在餐廳用餐。

しょくりょうひん　か
スーパーで食料品を買います。
su.u.pa.a de sho.ku.ryo.o.hi.n o ka.i.ma.su
在超市買食品。

ぎゅうにゅう　か
スーパーで牛乳を買いました。
su.u.pa.a de gyu.u.nyu.u o ka.i.ma.shi.ta
在超市買了牛奶。

老師教你說 21 MP3

121 食(た)べ過(す)ぎてお腹(なか)が痛(いた)いです。

ta.be.su.gi.te o.na.ka ga i.ta.i de.su

吃太多肚子痛。

122 お腹(なか)が空(す)きました。

o.na.ka ga su.ki.ma.shi.ta

肚子餓了。

123 喉(のど)が渇(かわ)きました。

no.do ga ka.wa.ki.ma.shi.ta

口渴了。

124 ステーキを食(た)べに行(い)きましょう。

su.te.e.ki o ta.be ni i.ki.ma.sho.o

去吃牛排吧！

125 そんなに辛(から)くないです。

so.n.na.ni ka.ra.ku.na.i de.su

沒有那麼地辣。

126 アルコールでは、ワインが一番(いちばん)好(す)きです。
a.ru.ko.o.ru de.wa wa.i.n ga i.chi.ba.n su.ki de.su
酒類裡，（我）最喜歡葡萄酒。

127 毎晩(まいばん)ビールを飲(の)むのが楽(たの)しみです。
ma.i.ba.n bi.i.ru o no.mu no ga ta.no.shi.mi de.su
每天晚上喝啤酒是一種樂趣。

128 この料理(りょうり)はちっともおいしくないです。
ko.no ryo.o.ri wa chi.t.to.mo o.i.shi.ku.na.i de.su
這個料理一點也不好吃。

129 食事(しょくじ)ができました。
sho.ku.ji ga de.ki.ma.shi.ta
飯做好了。

130 弟(おとうと)が私(わたし)のケーキを食(た)べてしまいました。
o.to.o.to ga wa.ta.shi no ke.e.ki o ta.be.te shi.ma.i.ma.shi.ta
弟弟把我的蛋糕吃掉了。

131 一緒(いっしょ)に飲(の)みに行(い)きませんか。
i.s.sho ni no.mi ni i.ki.ma.se.n ka
要不要一起去喝一杯呢？

132 米(こめ)がなくなりました。
ko.me ga na.ku.na.ri.ma.shi.ta
沒有米了。

133 変(へん)な匂(にお)いがします。
he.n.na ni.o.i ga shi.ma.su
有奇怪的味道。

134 バターをパンに塗(ぬ)ります。
ba.ta.a o pa.n ni nu.ri.ma.su
將奶油塗在麵包上。

135 肉(にく)ばかり食(た)べないで野菜(やさい)も食(た)べなさい。
ni.ku ba.ka.ri ta.be.na.i.de ya.sa.i mo ta.be.na.sa.i
不要光吃肉，也要吃蔬菜！

136 うちの子はハンバーグが好きです。
u.chi no ko wa ha.n.ba.a.gu ga su.ki de.su
我家小孩喜歡漢堡排。

137 葡萄は体にいいです。
bu.do.o wa ka.ra.da ni i.i de.su
葡萄對身體有益。

138 この頃だいぶ太りました。
ko.no go.ro da.i.bu fu.to.ri.ma.shi.ta
近來胖了很多。

139 学校の周りで食事をしました。
ga.k.ko.o no ma.wa.ri de sho.ku.ji o shi.ma.shi.ta
在學校的附近用餐了。

140 どうぞ召し上がってください。
do.o.zo me.shi.a.ga.t.te ku.da.sa.i
請品嚐。

這樣說 141

祖母(そぼ)は自分(じぶん)で味噌(みそ)を作(つく)ります。

so.bo wa ji.bu.n de mi.so o tsu.ku.ri.ma.su

我祖母自己做味噌。

這樣說 142

これは赤(あか)ちゃんにやさしい食(た)べ物(もの)です。

ko.re wa a.ka.cha.n ni ya.sa.shi.i ta.be.mo.no de.su

這是對嬰兒很溫和的食物。

這樣說 143

日本(にほん)にバナナを輸出(ゆしゅつ)します。

ni.ho.n ni ba.na.na o yu.shu.tsu.shi.ma.su

出口香蕉到日本。

這樣說 144

フランスから食料品(しょくりょうひん)を輸入(ゆにゅう)します。

fu.ra.n.su ka.ra sho.ku.ryo.o.hi.n o yu.nyu.u.shi.ma.su

從法國進口食品。

這樣說 145

レストランの予約(よやく)はもうしてあります。

re.su.to.ra.n no yo.ya.ku wa mo.o shi.te a.ri.ma.su

已經完成餐廳的訂位。

這樣說 146

このチョコレートはスイス製(せい)です。
ko.no cho.ko.re.e.to wa su.i.su se.e de.su
這個巧克力是瑞士製的。

這樣說 147

友達(ともだち)に韓国(かんこく)のキムチをもらいました。
to.mo.da.chi ni ka.n.ko.ku no ki.mu.chi o mo.ra.i.ma.shi.ta
朋友送我韓國的泡菜。

這樣說 148

中国語(ちゅうごくご)のメニューはありますか。
chu.u.go.ku.go no me.nyu.u wa a.ri.ma.su ka
有中文的菜單嗎？

這樣說 149

今日(きょう)のおすすめは何(なん)ですか。
kyo.o no o.su.su.me wa na.n de.su ka
今天推薦的是什麼呢？

這樣說 150

昨日(きのう)、カレーライスを食(た)べました。
ki.no.o ka.re.e.ra.i.su o ta.be.ma.shi.ta
昨天，吃了咖哩飯。

這樣說 151

喫茶店(きっさてん)で紅茶(こうちゃ)を飲(の)みました。

ki.s.sa.te.n de ko.o.cha o no.mi.ma.shi.ta

在咖啡廳喝了紅茶。

這樣說 152

ステーキが食(た)べたいです。

su.te.e.ki ga ta.be.ta.i de.su

想吃牛排。

這樣說 153

パエリアを食(た)べたことがありますか。

pa.e.ri.a o ta.be.ta ko.to ga a.ri.ma.su ka

有吃過西班牙燉飯嗎？

這樣說 154

もう朝(あさ)ご飯(はん)を食(た)べましたか。

mo.o a.sa.go.ha.n o ta.be.ma.shi.ta ka

已經吃早餐了嗎？

這樣說 155

もう朝(あさ)ご飯(はん)を食(た)べました。

mo.o a.sa.go.ha.n o ta.be.ma.shi.ta

已經吃早餐了。

這樣說 156

まだ朝(あさ)ご飯(はん)を食(た)べていません。

ma.da a.sa.go.ha.n o ta.be.te i.ma.se.n

還沒吃早餐。

這樣說 157

ビールが飲(の)みたいです。

bi.i.ru ga no.mi.ta.i de.su

想要喝啤酒。

這樣說 158

私(わたし)は料理(りょうり)ができます。

wa.ta.shi wa ryo.o.ri ga de.ki.ma.su

我會做菜。

這樣說 159

私(わたし)はクレープを作(つく)ることができます。

wa.ta.shi wa ku.re.e.pu o tsu.ku.ru ko.to ga de.ki.ma.su

我會做可麗餅。

這樣說 160

姉(あね)も料理(りょうり)ができます。

a.ne mo ryo.o.ri ga de.ki.ma.su

姊姊也會做菜。

老師教你說 23 MP3

161 兄(あに)は料理(りょうり)ができません。

a.ni wa ryo.o.ri ga de.ki.ma.se.n

哥哥不會做菜。

162 最近(さいきん)、母(はは)の料理(りょうり)がおいしくなりました。

sa.i.ki.n ha.ha no ryo.o.ri ga o.i.shi.ku na.ri.ma.shi.ta

最近，媽媽的料理變好吃了。

163 これは姉(あね)が作(つく)ったすき焼(や)きです。

ko.re wa a.ne ga tsu.ku.t.ta su.ki.ya.ki de.su

這是姊姊做的壽喜燒。

164 寿司(すし)はとてもおいしいです。

su.shi wa to.te.mo o.i.shi.i de.su

壽司非常好吃。

165 寿司(すし)とラーメンとどちらが好(す)きですか。

su.shi to ra.a.me.n to do.chi.ra ga su.ki de.su ka

壽司和拉麵，（你）喜歡哪一種呢？

166 日本料理の中で、寿司が一番おいしいです。
ni.ho.n.ryo.ri no na.ka de su.shi ga i.chi.ba.n o.i.shi.i de.su
日本料理當中，壽司是最好吃的。

167 ラーメンは寿司よりもっとおいしいです。
ra.a.me.n wa su.shi yo.ri mo.t.to o.i.shi.i de.su
拉麵比壽司更好吃。

168 あのケーキはおいしくてきれいです。
a.no ke.e.ki wa o.i.shi.ku.te ki.re.e de.su
那個蛋糕既好吃又漂亮。

169 この店の刺身は新鮮です。
ko.no mi.se no sa.shi.mi wa shi.n.se.n de.su
這家店的生魚片很新鮮。

170 刺身は新鮮でおいしいです。
sa.shi.mi wa shi.n.se.n de o.i.shi.i de.su
生魚片既新鮮又好吃。

171 コーヒーは苦（にが）いです。
ko.o.hi.i wa ni.ga.i de.su
咖啡很苦。

172 コーヒーは黒（くろ）くて苦（にが）いです。
ko.o.hi.i wa ku.ro.ku.te ni.ga.i de.su
咖啡又黑又苦。

173 納豆（なっとう）はいい香（かお）りです。
na.t.to.o wa i.i ka.o.ri de.su
納豆好香。

174 納豆（なっとう）は臭（くさ）いけどおいしいです。
na.t.to.o wa ku.sa.i ke.do o.i.shi.i de.su
納豆雖然很臭，但是很好吃。

175 あの海老（えび）はおいしそうです。
a.no e.bi wa o.i.shi so.o de.su
那蝦子看起來很好吃。

176 海老(えび)は甘(あま)くて新鮮(しんせん)です。
e.bi wa a.ma.ku.te shi.n.se.n de.su
蝦子又甜又新鮮。

177 ナイフをください。
na.i.fu o ku.da.sa.i
請給我刀子。

178 フォークをください。
fo.o.ku o ku.da.sa.i
請給我叉子。

179 居酒屋(いざかや)へ行(い)きましょう。
i.za.ka.ya e i.ki.ma.sho.o
去居酒屋吧！

180 明日(あした)ピザを食(た)べに行(い)きます。
a.shi.ta pi.za o ta.be ni i.ki.ma.su
明天去吃披薩。

レストランへスパゲッティを食べに行きます。

re.su.to.ra.n e su.pa.ge.t.ti o ta.be ni i.ki.ma.su

去餐廳吃義大利麵。

這樣說 182

それは食べてはいけません。

so.re wa ta.be.te wa i.ke.ma.se.n

那個不可以吃。

這樣說 183

お酒は飲まないで。

o sa.ke wa no.ma.na.i.de

不要喝酒！

這樣說 184

鰻は焼かないと食べられません。

u.na.gi wa ya.ka.na.i to ta.ba.ra.re.ma.se.n

鰻魚不烤不能吃。

這樣說 185

全部食べなくてもいいです。

ze.n.bu ta.be.na.ku.te mo i.i de.su

就算不全部吃完，也沒關係。

這樣說 186

食べる前に、手を洗いましょう。

ta.be.ru ma.e ni te o a.ra.i.ma.sho.o

吃之前，先洗手吧！

這樣說 187

抹茶を飲む前に、お菓子を用意します。

ma.c.cha o no.mu ma.e ni o ka.shi o yo.o.i.shi.ma.su

喝抹茶之前，先準備點心。

這樣說 188

初めて和菓子を食べました。

ha.ji.me.te wa.ga.shi o ta.be.ma.shi.ta

第一次吃到和菓子。

這樣說 189

かつ丼を食べてみたいです。

ka.tsu.do.n o ta.be.te mi.ta.i de.su

想吃吃看炸豬排丼。

這樣說 190

納豆はまだ食べたことがありません。

na.t.to.o wa ma.da ta.be.ta ko.to ga a.ri.ma.se.n

還不曾吃過納豆。

這樣說 191

喫茶店でケーキを食べたり、話したりします。

ki.s.sa.te.n de ke.e.ki o ta.be.ta.ri ha.na.shi.ta.ri shi.ma.su

在咖啡廳，吃吃蛋糕、聊聊天。

這樣說 192

昨日、家でテレビを見たり、お菓子を食べたりしました。

ki.no.o u.chi de te.re.bi o mi.ta.ri o ka.shi o ta.be.ta.ri shi.ma.shi.ta

昨天在家裡看看電視、吃吃點心。

這樣說 193

たまに1人でワインを飲みます。

ta.ma ni hi.to.ri de wa.i.n o no.mi.ma.su

偶爾一個人喝葡萄酒。

這樣說 194

時々コーヒーを飲みます。

to.ki.do.ki ko.o.hi.i o no.mi.ma.su

偶爾會喝咖啡。

這樣說 195

コーヒーはほとんど飲みません。

ko.o.hi.i wa ho.to.n.do no.mi.ma.se.n

幾乎不喝咖啡。

暇なとき、お菓子を食べます。

hi.ma.na to.ki o ka.shi o ta.be.ma.su

空閒的時候，會吃零食。

楽しいとき、たくさん食べます。

ta.no.shi.i to.ki ta.ku.sa.n ta.be.ma.su

開心的時候，會吃很多。

食べるとき、幸せを感じます。

ta.be.ru to.ki shi.a.wa.se o ka.n.ji.ma.su

吃的時候，感到幸福。

牛乳を飲むと、元気になります。

gyu.u.nyu.u o no.mu to ge.n.ki ni na.ri.ma.su

一喝牛奶，就變得有精神。

喉がからからになりました。

no.do ga ka.ra.ka.ra ni na.ri.ma.shi.ta

喉嚨變得乾乾的。

これは母(はは)が作(つく)って

くれた服(ふく)です。

ko.re wa ha.ha ga tsu.ku.t.te

ku.re.ta fu.ku de.su

這是我媽媽作給我的衣服。

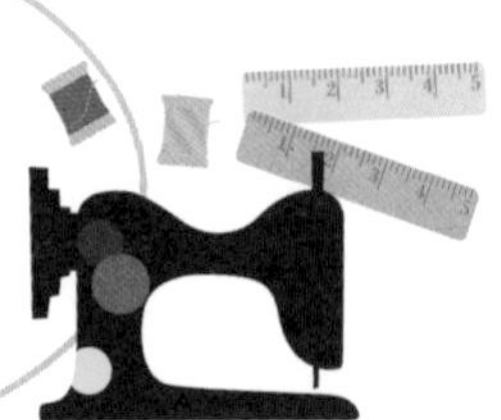

Chapter 2

→ 衣

老師教你說 25 MP3

1 デパートで洋服(ようふく)を買(か)います。
de.pa.a.to de yo.o.fu.ku o ka.i.ma.su
在百貨公司買衣服。

2 いつもこの店(みせ)で買(か)います。
i.tsu.mo ko.no mi.se de ka.i.ma.su
總是在這間店買。

3 デパートが開(あ)きました。
de.pa.a.to ga a.ki.ma.shi.ta
百貨公司開門了。

4 デパートが閉(し)まりました。
de.pa.a.to ga shi.ma.ri.ma.shi.ta
百貨公司關門了。

5 新(あたら)しい服(ふく)を買(か)いました。
a.ta.ra.shi.i fu.ku o ka.i.ma.shi.ta
買了新的衣服。

6 同じものをください。

o.na.ji mo.no o ku.da.sa.i

請給我相同的東西。

7 売り場は地下１階です。

u.ri.ba wa chi.ka i.k.ka.i de su

賣場在地下一樓。

8 紳士服売り場は5階です。

shi.n.shi.fu.ku u.ri.ba wa go.ka.i de su

男裝賣場在五樓。

9 どんな服がほしいですか。

do.n.na fu.ku ga ho.shi.i de.su ka

想要什麼樣的衣服呢？

10 コートがほしいです。

ko.o.to ga ho.shi.i de.su

想要外套。

11 ちょっと見(み)せてください。

cho.t.to mi.se.te ku.da.sa.i

請讓我看一下。

12 どっちが好(す)きですか。

do.c.chi ga su.ki de.su ka

喜歡哪一個呢？

13 どれがいいですか。

do.re ga i.i de.su ka

哪一個好呢？

14 どんな靴(くつ)を買(か)いたいですか。

do.n.na ku.tsu o ka.i.ta.i de.su ka

想買什麼樣的鞋子呢？

15 もっと安(やす)いものがほしいです。

mo.t.to ya.su.i mo.no ga ho.shi.i de.su

想要更便宜的東西。

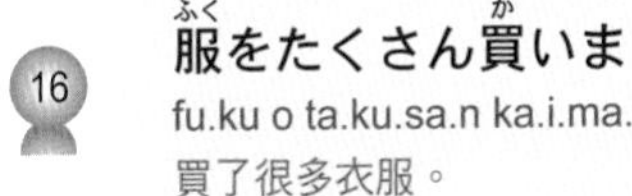

16 服(ふく)をたくさん買(か)いました。
fu.ku o ta.ku.sa.n ka.i.ma.shi.ta
買了很多衣服。

17 このバッグは軽(かる)いです。
ko.no ba.g.gu wa ka.ru.i de.su
這個包包很輕。

18 このバッグは重(おも)いです。
ko.no ba.g.gu wa o.mo.i de.su
這個包包很重。

19 妹(いもうと)は赤(あか)が好(す)きです。
i.mo.o.to wa a.ka ga su.ki de.su
妹妹喜歡紅色。

20 ネクタイは３本(さんぼん)で１２００円(せんにひゃくえん)です。
ne.ku.ta.i wa sa.n.bo.n de se.n.ni.hya.ku.e.n de.su
領帶三條一千二百日圓。

靴下(くつした)は3足(さんぞく)1000円(せんえん)です。

ku.tsu.shi.ta wa sa.n.zo.ku se.n.e.n de.su

襪子三雙一千日圓。

帽子(ぼうし)をかぶります。

bo.o.shi o ka.bu.ri.ma.su

戴帽子。

服(ふく)を着(き)ます。

fu.ku o ki.ma.su

穿衣服。

服(ふく)を脱(ぬ)ぎます。

fu.ku o nu.gi.ma.su

脫衣服。

コートを着(き)ます。

ko.o.to o ki.ma.su

穿外套。

スカートを穿(は)きます。

su.ka.a.to o ha.ki.ma.su

穿裙子。

ズボンを穿(は)きます。

zu.bo.n o ha.ki.ma.su

穿褲子。

靴(くつ)を履(は)きます。

ku.tsu o ha.ki.ma.su

穿鞋子。

ボタンをかけます。

bo.ta.n o ka.ke.ma.su

扣釦子。

白(しろ)いシャツを買(か)います。

shi.ro.i sha.tsu o ka.i.ma.su

買白色襯衫。

這樣說 31

ネックレスをつけます。

ne.k.ku.re.su o tsu.ke.ma.su

戴項鍊。

指輪(ゆびわ)をはめます。

yu.bi.wa o ha.me.ma.su

戴戒指。

イヤリングをつけます。

i.ya.ri.n.gu o tsu.ke.ma.su

戴耳環。

ズボンのほうが便利(べんり)です。

zu.bo.n no ho.o ga be.n.ri de.su

長褲比較方便。

古(ふる)いパジャマを捨(す)てました。

fu.ru.i pa.ja.ma o su.te.ma.shi.ta

把舊睡衣丟掉了。

セーターを忘れないでください。

se.e.ta.a o wa.su.re.na.i.de ku.da.sa.i

請別把毛衣忘了。

洋服を洗濯します。

yo.o.fu.ku o se.n.ta.ku.shi.ma.su

洗衣服。

ブラジャーは手で洗いましょう。

bu.ra.ja.a wa te de a.ra.i.ma.sho.o

胸罩用手洗吧！

石けんで洗います。

se.k.ke.n de a.ra.i.ma.su

用肥皂清洗。

背広を持っていません。

se.bi.ro o mo.t.te i.ma.se.n

沒有西裝。

41 全部(ぜんぶ)で1000円(せんえん)です。

ze.n.bu de se.n.e.n de.su

全部一千日圓。

42 1000円(せんえん)ちょうどです。

se.n.e.n cho.o.do de.su

剛好一千日圓整。

43 1000円札(せんえんさつ)が1枚(いちまい)あります。

se.n.e.n sa.tsu ga i.chi.ma.i a.ri.ma.su

有一張一千日圓的鈔票。

44 ポケットに入(い)れてください。

po.ke.t.to ni i.re.te ku.da.sa.i

請放進口袋。

45 古(ふる)い靴(くつ)を捨(す)てます。

fu.ru.i ku.tsu o su.te.ma.su

丟掉舊的鞋子。

46 彼女(かのじょ)のスカートは短(みじか)いです。
ka.no.jo no su.ka.a.to wa mi.ji.ka.i de.su
她的裙子很短。

47 きれいな洋服(ようふく)ですね。
ki.re.e.na yo.o.fu.ku de.su ne
好漂亮的衣服喔！

48 ダイアモンドは高(たか)いです。
da.i.a.mo.n.do wa ta.ka.i de su
鑽石很貴。

49 帽子(ぼうし)がとても似合(にあ)いますね。
bo.o.shi ga to.te.mo ni.a.i.ma.su ne
帽子非常適合你喔！

50 姉(あね)にアクセサリーを借(か)りました。
a.ne ni a.ku.se.sa.ri.i o ka.ri.ma.shi.ta
向姊姊借了飾品。

針(はり)と糸(いと)でスカートを縫(ぬ)います。

ha.ri to i.to de su.ka.a.to o nu.i.ma.su

用針和線縫裙子。

白(しろ)いオーバーを買(か)いたいです。

shi.ro.i o.o.ba.a o ka.i.ta.i de.su

想買白色的外套。

彼女(かのじょ)は鏡(かがみ)を見(み)るのが好(す)きです。

ka.no.jo wa ka.ga.mi o mi.ru no ga su.ki de.su

她喜歡照鏡子。

派手(はで)な格好(かっこう)は嫌(きら)いです。

ha.de.na ka.k.ko.o wa ki.ra.i de.su

討厭華麗的打扮。

髪(かみ)を染(そ)めました。

ka.mi o so.me.ma.shi.ta

染了頭髮。

洗濯物（せんたくもの）が乾（かわ）きました。

se.n.ta.ku.mo.no ga ka.wa.ki.ma.shi.ta

洗的衣服乾了。

先生（せんせい）は髪形（かみがた）を変（か）えました。

se.n.se.e wa ka.mi.ga.ta o ka.e.ma.shi.ta

老師換了髮型。

この服（ふく）は絹（きぬ）で作（つく）られています。

ko.no fu.ku wa ki.nu de tsu.ku.ra.re.te i.ma.su

這件衣服是用絲綢做的。

この靴（くつ）は革（かわ）でできています。

ko.no ku.tsu wa ka.wa de de.ki.te i.ma.su

這鞋子是用皮革做的。

結婚式（けっこんしき）の時（とき）に着物（きもの）を着（き）ました。

ke.k.ko.n.shi.ki no to.ki ni ki.mo.no o ki.ma.shi.ta

結婚典禮的時候穿了和服。

着物(きもの)を着(き)るのは難(むずか)しいです。

ki.mo.no o ki.ru no wa mu.zu.ka.shi.i de.su

穿和服很難。

ブラシの毛(け)は柔(やわ)らかいです。

bu.ra.shi no ke wa ya.wa.ra.ka.i de.su

刷子的毛是柔軟的。

眼鏡(めがね)をかけます。

me.ga.ne o ka.ke.ma.su

戴眼鏡。

女(おんな)の子(こ)はサンダルをたくさん持(も)っています。

o.n.na.no.ko wa sa.n.da.ru o ta.ku.sa.n mo.t.te i.ma.su

女孩子擁有很多涼鞋。

下着(したぎ)は自分(じぶん)で洗(あら)います。

shi.ta.gi wa ji.bu.n de a.ra.i.ma.su

自己洗內衣褲。

仕事の時はスーツを着なければなりません。

shi.go.to no to.ki wa su.u.tsu o ki.na.ke.re.ba na.ri.ma.se.n

工作的時候得穿套裝。

たんすの中に服がたくさんあります。

ta.n.su no na.ka ni fu.ku ga ta.ku.sa.n a.ri.ma.su

衣櫥裡有很多衣服。

まず水につけてから洗いなさい。

ma.zu mi.zu ni tsu.ke.te ka.ra a.ra.i.na.sa.i

先泡水再洗！

友達と洋服を取り替えます。

to.mo.da.chi to yo.o.fu.ku o to.ri.ka.e.ma.su

和朋友交換衣服穿。

なるべく厚い服を着なさい。

na.ru.be.ku a.tsu.i fu.ku o ki.na.sa.i

盡量穿厚的衣服！

新(あたら)しい靴(くつ)は歩(ある)きにくいです。

a.ta.ra.shi.i ku.tsu wa a.ru.ki.ni.ku.i de.su

新鞋難走。

この靴(くつ)は歩(ある)きやすいです。

ko.no ku.tsu wa a.ru.ki.ya.su.i de.su

這雙鞋子很好走。

フランス人形(にんぎょう)はとても華(はな)やかです。

fu.ra.n.su ni.n.gyo.o wa to.te.mo ha.na.ya.ka de.su

法國洋娃娃非常華麗。

財布(さいふ)を引(ひ)き出(だ)しに入(い)れます。

sa.i.fu o hi.ki.da.shi ni i.re.ma.su

將錢包放進抽屜。

昼間(ひるま)のうちに洗濯(せんたく)します。

hi.ru.ma no u.chi ni se.n.ta.ku.shi.ma.su

趁白天的時候洗衣服。

荷物(にもつ)を運(はこ)びます。

ni.mo.tsu o ha.ko.bi.ma.su

搬運行李。

靴(くつ)のまま上(あ)がってください。

ku.tsu no ma.ma a.ga.t.te ku.da.sa.i

請直接穿著鞋子上來。

靴(くつ)を脱(ぬ)いでから上(あ)がってください。

ku.tsu o nu.i.de ka.ra a.ga.t.te ku.da.sa.i

請脫鞋以後再上來。

鏡(かがみ)に向(む)かって化粧(けしょう)します。

ka.ga.mi ni mu.ka.t.te ke.sho.o.shi.ma.su

對著鏡子化妝。

化粧(けしょう)を落(お)とします。

ke.sho.o o o.to.shi.ma.su

卸妝。

81 木綿(もめん)の糸(いと)で縫(ぬ)います。
mo.me.n no i.to de nu.i.ma.su
用棉線縫。

82 布団(ふとん)は柔(やわ)らかいです。
fu.to.n wa ya.wa.ra.ka.i de.su
棉被很柔軟。

83 白(しろ)い服(ふく)はすぐ汚(よご)れます。
shi.ro.i fu.ku wa su.gu yo.go.re.ma.su
白色衣服馬上會弄髒。

84 父(ちち)のネクタイはブルーです。
chi.chi no ne.ku.ta.i wa bu.ru.u de.su
爸爸的領帶是藍色。

85 母(はは)のバッグは赤(あか)です。
ha.ha no ba.g.gu wa a.ka de.su
媽媽的皮包是紅色。

姉のスカートはピンクです。

a.ne no su.ka.a.to wa pi.n.ku de.su

姊姊的裙子是粉紅色。

服を買おうと思います。

fu.ku o ka.o.o to o.mo.i.ma.su

想要買衣服。

音楽を聴きながら、服を選びます。

o.n.ga.ku o ki.ki.na.ga.ra fu.ku o e.ra.bi.ma.su

一邊聽音樂，一邊選衣服。

ちょっと履いてみてもいいですか。

cho.t.to ha.i.te mi.te mo i.i de.su ka

可以稍微穿看看嗎？

この巾着はいくらですか。

ko.no ki.n.cha.ku wa i.ku.ra de.su ka

這個和風小包包多少錢呢？

この帽子(ぼうし)はいくらですか。

ko.no bo.o.shi wa i.ku.ra de.su ka

這頂帽子多少錢呢？

あの財布(さいふ)はいくらですか。

a.no sa.i.fu wa i.ku.ra de.su ka

那個錢包多少錢呢？

この宝石(ほうせき)はいくらですか。

ko.no ho.o.se.ki wa i.ku.ra de.su ka

這顆寶石多少錢呢？

クレジットカードが使(つか)えますか。

ku.re.ji.t.to.ka.a.do ga tsu.ka.e.ma.su ka

可以用信用卡嗎？

靴下(くつした)をたくさん買(か)うつもりです。

ku.tsu.shi.ta o ta.ku.sa.n ka.u tsu.mo.ri de.su

打算買很多襪子。

バーゲンなので、とても安(やす)いです。
ba.a.ge.n na no.de to.te.mo ya.su.i de.su
因為拍賣，所以非常便宜。

97

このブーツは高(たか)すぎます。
ko.no bu.u.tsu wa ta.ka.su.gi.ma.su
這雙靴子太貴了。

買(か)いたいのに、お金(かね)がありません。
ka.i.ta.i no.ni o ka.ne ga a.ri.ma.se.n
很想買，可是沒錢。

姉(あね)は洋服(ようふく)を買(か)いに行(い)きました。
a.ne wa yo.o.fu.ku o ka.i.ni i.ki.ma.shi.ta
姊姊買衣服去了。

女(おんな)の子(こ)はみんなショッピングが好(す)きです。
o.n.na.no.ko wa mi.n.na sho.p.pi.n.gu ga su.ki de.su
女孩子都喜歡購物。

私(わたし)の彼(かれ)はショッピングが嫌(きら)いです。

wa.ta.shi no ka.re wa sho.p.pi.n.gu ga ki.ra.i de.su

我的男朋友討厭購物。

彼(かれ)に帽子(ぼうし)を贈(おく)ります。

ka.re ni bo.o.shi o o.ku.ri.ma.su

送給男朋友帽子。

誕生日(たんじょうび)にサングラスをプレゼントするつもりです。

ta.n.jo.o.bi ni sa.n.gu.ra.su o pu.re.ze.n.to.su.ru tsu.mo.ri de.su

打算送太陽眼鏡當生日禮物。

彼(かれ)は2年前(にねんまえ)、とても細(ほそ)かったです。

ka.re wa ni.ne.n ma.e to.te.mo ho.so.ka.t.ta de.su

他二年前是非常瘦的。

最近(さいきん)太(ふと)ったので、着(き)られません。

sa.i.ki.n fu.to.t.ta no.de ki.ra.re.ma.se.n

最近因為變胖了，穿不下。

このT(ティー)シャツはすごくおしゃれだと思(おも)います。

ko.no ti.i.sha.tsu wa su.go.ku o.sha.re.da to o.mo.i.ma.su

我覺得這件T恤非常時髦。

ちょっと大(おお)きいです。

cho.t.to o.o.ki.i de.su

有點大。

ちょっと小(ちい)さいです。

cho.t.to chi.i.sa.i de.su

有點小。

買(か)わないと、後悔(こうかい)しますよ。

ka.wa.na.i to ko.o.ka.i.shi.ma.su yo

不買的話，會後悔的喔！

彼(かれ)が指輪(ゆびわ)を買(か)ってくれました。

ka.re ga yu.bi.wa o ka.t.te ku.re.ma.shi.ta

男朋友買了戒指給我。

マフラーがほしいです。

ma.fu.ra.a ga ho.shi.i de.su

想要圍巾。

スカーフをなくしてしまいました。

su.ka.a.fu o na.ku.shi.te shi.ma.i.ma.shi.ta

把絲巾弄丟了。

Chapter 3

→ 住

老師教你說 31 MP3

1 薬（くすり）を飲（の）みます。

ku.su.ri o no.mi.ma.su

吃藥。

2 歯（は）が痛（いた）いです。

ha ga i.ta.i de.su

牙齒痛。

3 疲（つか）れました。

tsu.ka.re.ma.shi.ta

好累。

4 ドアが開（あ）きます。

do.a ga a.ki.ma.su

門開著。

5 窓（まど）を開（あ）けます。

ma.do o a.ke.ma.su

開窗戶。

まいあさ　なんじ　お
6 毎朝、何時に起きますか。
ma.i.a.sa na.n.ji ni o.ki.ma.su ka
每天早上，都幾點起床呢？

しちじ　お
7 ７時に起きます。
shi.chi.ji ni o.ki.ma.su
七點起床。

かいだん
8 あそこは階段です。
a.so.ko wa ka.i.da.n de.su
那裡是樓梯。

ひろ
9 あっちのほうが広いです。
a.c.chi no ho.o ga hi.ro.i de.su
那邊比較寬廣。

す
10 アパートに住んでいます。
a.pa.a.to ni su.n.de i.ma.su
住在公寓裡。

11 シャワーを浴(あ)びます。

sha.wa.a o a.bi.ma.su

沖澡。

12 朝(あさ)起(お)きたら、まず顔(かお)を洗(あら)います。

a.sa o.ki.ta.ra ma.zu ka.o o a.ra.i.ma.su

早上起來之後，先洗臉。

13 テレビはリビングにあります。

te.re.bi wa ri.bi.n.gu ni a.ri.ma.su

電視在客廳裡。

14 机(つくえ)の上(うえ)に写真(しゃしん)があります。

tsu.ku.e no u.e ni sha.shi.n ga a.ri.ma.su

桌上有照片。

15 私(わたし)の家(うち)はあの赤(あか)い建物(たてもの)です。

wa.ta.shi no u.chi wa a.no a.ka.i ta.te.mo.no de.su

我家是那棟紅色的建築物。

16 池(いけ)に魚(さかな)がいます。

i.ke ni sa.ka.na ga i.ma.su

池塘裡有魚。

17 今(いま)、何時(なんじ)ですか。

i.ma na.n.ji de.su ka

現在，是幾點呢？

18 スイッチを入(い)れます。

su.i.c.chi o i.re.ma.su

打開電源。

19 いろいろな花(はな)が咲(さ)いています。

i.ro.i.ro.na ha.na ga sa.i.te i.ma.su

開著各式各樣的花。

20 写真(しゃしん)をテレビの上(うえ)に置(お)きます。

sha.shi.n o te.re.bi no u.e ni o.ki.ma.su

把照片放在電視的上面。

你也可以這樣說 32 MP3

父(ちち)の後(うし)ろに母(はは)がいます。

chi.chi no u.shi.ro ni ha.ha ga i.ma.su

家母在家父的後面。

家(うち)は両親(りょうしん)と姉(あね)と私(わたし)の4人(よにん)家族(かぞく)です。

u.chi wa ryo.o.shi.n to a.ne to wa.ta.shi no yo.ni.n ka.zo.ku de.su

我們家是雙親、姊姊和我的四人家庭。

子供(こども)が生(う)まれました。

ko.do.mo ga u.ma.re.ma.shi.ta

孩子生下來了。

上着(うわぎ)を洗(あら)います。

u.wa.gi o a.ra.i.ma.su

洗上衣。

エレベーターに乗(の)ります。

e.re.be.e.ta.a ni no.ri.ma.su

搭電梯。

エスカレーターに乗(の)ります。

e.su.ka.re.e.ta.a ni no.ri.ma.su

搭手扶梯。

お母(かあ)さんは料理(りょうり)が上手(じょうず)ですか。

o.ka.a.sa.n wa ryo.o.ri ga jo.o.zu de.su ka

令堂擅於廚藝嗎？

お皿(さら)を割(わ)ってしまいました。

o sa.ra o wa.t.te shi.ma.i.ma.shi.ta

把盤子給打破了。

おじは父(ちち)より 3 才上(さんさいうえ)です。

o.ji wa chi.chi yo.ri sa.n.sa.i u.e de.su

伯父比家父大三歲。

お爺(じい)さんはお元気(げんき)ですか。

o.ji.i.sa.n wa o ge.n.ki de.su ka

您爺爺好嗎？

あなたはタバコを吸(す)いますか。

a.na.ta wa ta.ba.ko o su.i.ma.su ka

你抽菸嗎？

お手洗(てあら)いを借(か)りてもいいですか。

o te.a.ra.i o ka.ri.te mo i.i de.su ka

可以借一下洗手間嗎？

陳(ちん)さんのお父(とう)さんも会社員(かいしゃいん)ですか。

chi.n sa.n no o.to.o.sa.n mo ka.i.sha.i.n de.su ka

陳先生的父親也是上班族嗎？

弟(おとうと)が1人(ひとり)います。

o.to.o.to ga hi.to.ri i.ma.su

有一個弟弟。

弟(おとうと)さんは高校生(こうこうせい)ですか。

o.to.o.to sa.n wa ko.o.ko.o.se.e de.su ka

令弟是高中生嗎？

男（おとこ）は力（ちから）が強（つよ）いです。

o.to.ko wa chi.ka.ra ga tsu.yo.i de.su

男人的力氣大。

男（おとこ）の子（こ）が2人（ふたり）います。

o.to.ko.no.ko ga fu.ta.ri i.ma.su

有二個男孩子。

やっと大人（おとな）になりました。

ya.t.to o.to.na ni na.ri.ma.shi.ta

終於長大成人。

お兄（にい）さんは学生（がくせい）ですか。

o.ni.i.sa.n wa ga.ku.se.e de.su ka

令兄是學生嗎？

お姉（ねえ）さんはＯＬ（オーエル）ですか。

o.ne.e.sa.n wa o.o.e.ru de.su ka

令姊是粉領族嗎？

41 彼女(かのじょ)は私(わたし)の同級生(どうきゅうせい)です。
ka.no.jo wa wa.ta.shi no do.o.kyu.u.se.e de.su
她是我的同學。

42 祖母(そぼ)はとてもやさしい人(ひと)です。
so.bo wa to.te.mo ya.sa.shi.i hi.to de.su
我奶奶是非常溫柔的人。

43 あなたのおばさんは先生(せんせい)ですか。
a.na.ta no o.ba sa.n wa se.n.se.e de.su ka
你的伯母是老師嗎？

44 おはようございます。
o.ha.yo.o go.za.i.ma.su
早安。

45 こんにちは。
ko.n.ni.chi.wa
午安、你好。

46 これからお風呂(ふろ)に入(はい)ります。

ko.re.ka.ra o fu.ro ni ha.i.ri.ma.su

現在要入浴。

47 おやすみなさい。

o.ya.su.mi.na.sa.i

晚安。（睡覺前說的）

48 階段(かいだん)に気(き)をつけてください。

ka.i.da.n ni ki o tsu.ke.te ku.da.sa.i

請小心樓梯。

49 これから家(うち)へ帰(かえ)ります。

ko.re.ka.ra u.chi e ka.e.ri.ma.su

等一下要回家。

50 一緒(いっしょ)に帰(かえ)りましょう。

i.s.sho ni ka.e.ri.ma.sho.o

一起回家吧！

51 顔(かお)を洗(あら)ってから、ご飯(はん)を食(た)べます。

ka.o o a.ra.t.te ka.ra go.ha.n o ta.be.ma.su

洗完臉後，吃飯。

52 鍵(かぎ)をかけました。

ka.gi o ka.ke.ma.shi.ta

上鎖了。

53 電話(でんわ)をかけます。

de.n.wa o ka.ke.ma.su

打電話。

54 眼鏡(めがね)をかけます。

me.ga.ne o ka.ke.ma.su

戴眼鏡。

55 傘(かさ)をさします。

ka.sa o sa.shi.ma.su

撐傘。

56 かぞく　いちばんたいせつ
家族が一番大切です。
ka.zo.ku ga i.chi.ba.n ta.i.se.tsu de.su
家人最重要。

57 かた
あの方はどなたですか。
a.no ka.ta wa do.na.ta de.su ka
那位是哪位呢？

58 つか
カップを使います。
ka.p.pu o tsu.ka.i.ma.su
使用杯子。

59 かばん　も
鞄を持ちます。
ka.ba.n o mo.chi.ma.su
拿著包包。

60 かびん　お
花瓶を置きます。
ka.bi.n o o.ki.ma.su
放置花瓶。

這樣說 61

帽子(ぼうし)をかぶります。

bo.o.shi o ka.bu.ri.ma.su

戴帽子。

這樣說 62

紙(かみ)を切(き)ります。

ka.mi o ki.ri.ma.su

裁紙。

這樣說 63

カメラを落(お)としてしまいました。

ka.me.ra o o.to.shi.te shi.ma.i.ma.shi.ta

相機掉了。

這樣說 64

来年(らいねん)のカレンダーを買(か)いました。

ra.i.ne.n no ka.re.n.da.a o ka.i.ma.shi.ta

買了明年的月曆。

這樣說 65

庭(にわ)に木(き)を植(う)えます。

ni.wa ni ki o u.e.ma.su

在院子種樹。

火が消えました。

hi ga ki.e.ma.shi.ta

火熄了。

トイレが汚いです。

to.i.re ga ki.ta.na.i de.su

廁所很髒。

娘の部屋はとても汚いです。

mu.su.me no he.ya wa to.te.mo ki.ta.na.i de.su

我女兒的房間非常髒。

兄弟がいますか。

kyo.o.da.i ga i.ma.su ka

你有兄弟姊妹嗎？

靴を履きます。

ku.tsu o ha.ki.ma.su

穿鞋子。

むす こ　ひとり　くつ　は
息子は1人で靴が履けるようになりました。

mu.su.ko wa hi.to.ri de ku.tsu ga ha.ke.ru yo.o ni na.ri.ma.shi.ta

兒子自己會穿鞋子了。

くも　ひ　せんたく
曇りの日は洗濯しません。

ku.mo.ri no hi wa se.n.ta.ku.shi.ma.se.n

陰天不洗衣服。

へ や　くら
部屋が暗いです。

he.ya ga ku.ra.i de.su

房間很暗。

でん き
電気をつけます。

de.n.ki o tsu.ke.ma.su

開燈。

でん き　け
電気を消します。

de.n.ki o ke.shi.ma.su

關燈。

地球(ちきゅう)のために節電(せつでん)しましょう。

chi.kyu.u no ta.me ni se.tsu.de.n.shi.ma.sho.o

為了地球，節約用電吧！

結婚(けっこん)が決(き)まりました。

ke.k.ko.n ga ki.ma.ri.ma.shi.ta

婚事已定。

兄(あに)が離婚(りこん)することになりました。

a.ni ga ri.ko.n.su.ru ko.to ni na.ri.ma.shi.ta

哥哥決定離婚了。

私(わたし)は去年(きょねん)結婚(けっこん)しました。

wa.ta.shi wa kyo.ne.n ke.k.ko.n.shi.ma.shi.ta

我去年結婚了。

玄関(げんかん)に鍵(かぎ)を置(お)きます。

ge.n.ka.n ni ka.gi o o.ki.ma.su

鑰匙放在玄關。

81 げんき おとこ こ う
元気な男の子が生まれました。
ge.n.ki.na o.to.ko.no.ko ga u.ma.re.ma.shi.ta
活潑健康的男孩誕生了。

82 じてんしゃ ごだい
自転車が5台あります。
ji.te.n.sha ga go.da.i a.ri.ma.su
有五台腳踏車。

83 あに くるま にだい も
兄は車を2台持っています。
a.ni wa ku.ru.ma o ni.da.i mo.t.te i.ma.su
我哥哥有二台汽車。

84 こうばん まわ
交番にお巡りさんがいます。
ko.o.ba.n ni o.ma.wa.ri.sa.n ga i.ma.su
派出所裡有警察。

85 むし こえ き
虫の声が聞こえます。
mu.shi no ko.e ga ki.ko.e.ma.su
聽到蟲鳴聲。

86 ここは台所(だいどころ)です。
ko.ko wa da.i.do.ko.ro de.su
這邊是廚房。

87 家(うち)の台所(だいどころ)はとても狭(せま)いです。
u.chi no da.o.do.ko.ro wa to.te.mo se.ma.i de.su
我家廚房非常窄。

88 家(うち)の台所(だいどころ)は汚(きたな)いです。
u.chi no da.i.do.ko.ro wa ki.ta.na.i de.su
我家廚房很髒。

89 トイレはこっちです。
to.i.re wa ko.c.chi de.su
廁所在這裡。

90 コップに水(みず)を入(い)れます。
ko.p.pu ni mi.zu o i.re.ma.su
將水倒入杯子裡。

91 この雑誌(ざっし)は誰(だれ)のですか。

ko.no za.s.shi wa da.re no de.su ka

這本雜誌是誰的呢？

92 ごめんください。

go.me.n.ku.da.sa.i

有人在嗎？

93 少々(しょうしょう)お待(ま)ちください。

sho.o.sho.o o ma.chi ku.da.sa.i

請稍等。

94 娘(むすめ)は８歳(はっさい)です。

mu.su.me wa ha.s.sa.i de.su

我女兒八歲。

95 財布(さいふ)を落(お)としてしまいました。

sa.i.fu o o.to.shi.te shi.ma.i.ma.shi.ta

錢包掉了。

96 桜(さくら)が咲(さ)いています。
sa.ku.ra ga sa.i.te i.ma.su
櫻花正開著。

97 もうすぐ桜(さくら)が散(ち)ってしまいます。
mo.o su.gu sa.ku.ra ga chi.t.te shi.ma.i.ma.su
櫻花再沒多久就要凋謝了。

98 今日(きょう)はとても寒(さむ)いです。
kyo.o wa to.te.mo sa.mu.i de.su
今天非常寒冷。

99 今日(きょう)はかなり暑(あつ)いです。
kyo.o wa ka.na.ri a.tsu.i de.su
今天相當熱。

100 今日(きょう)は久(ひさ)しぶりに晴(は)れました。
kyo.o wa hi.sa.shi.bu.ri ni ha.re.ma.shi.ta
今天難得放晴了。

さようなら。

sa.yo.o.na.ra

再見。

じゃあね。

ja.a ne

那就 bye-bye 囉！

またね。

ma.ta ne

再會囉！

這樣說 104

バイバイ。

ba.i.ba.i

Bye-bye。

また来(き)てください。

ma.ta ki.te ku.da.sa.i

請再來。

3人（さんにん）で行（い）きます。

sa.n.ni.n de i.ki.ma.su

三個人去。

こちらは張（ちょう）さんです。

ko.chi.ra wa cho.o sa.n de.su

這位是張先生。

父（ちち）は毎朝（まいあさ）散歩（さんぽ）しています。

chi.chi wa ma.i.a.sa sa.n.po.shi.te i.ma.su

父親每天早上都會散步。

明日（あした）は7時（しちじ）に起（お）きなければなりません。

a.shi.ta wa shi.chi.ji ni o.ki.na.ke.re.ba na.ri.ma.se.n

明天得七點起床。

秋（あき）になりましたが、まだまだ暑（あつ）いです。

a.ki ni na.ri.ma.shi.ta ga ma.da.ma.da a.tsu.i de.su

已經入秋了，但還是很熱。

仕事(しごと)は大変(たいへん)です。

shi.go.to wa ta.i.he.n de.su

工作很辛苦。

最近(さいきん)、転職(てんしょく)しました。

sa.i.ki.n te.n.sho.ku.shi.ma.shi.ta

最近，換了工作。

父(ちち)はあと2(に)か月(げつ)で退職(たいしょく)です。

chi.chi wa a.to ni.ka.ge.tsu de ta.i.sho.ku de.su

父親再二個月就退休。

ここは静(しず)かな町(まち)です。

ko.ko wa shi.zu.ka.na ma.chi de.su

這裡是安靜的城鎮。

椅子(いす)の下(した)に猫(ねこ)がいます。

i.su no shi.ta ni ne.ko ga i.ma.su

椅子底下有貓。

結婚してからもう5年になります。

ke.k.ko.n.shi.te ka.ra mo.o go.ne.n ni na.ri.ma.su

結婚已經5年。

そろそろ再婚を考えています。

so.ro.so.ro sa.i.ko.n o ka.n.ga.e.te i.ma.su

考慮差不多該再婚了。

どうぞお入りください。

do.o.zo o ha.i.ri ku.da.sa.i

請進來。

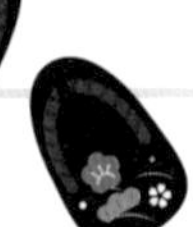

失礼します。

shi.tsu.re.e.shi.ma.su

打擾了。

ペットが病気で死にました。

pe.t.to ga byo.o.ki de shi.ni.ma.shi.ta

寵物因病死了。

老師教你說 37 MP3

121 寒(さむ)いので、窓(まど)を閉(し)めてください。

sa.mu.i no.de ma.do o shi.me.te ku.da.sa.i

因為很冷，請把窗戶關起來。

122 シャワーを浴(あ)びてもいいですか。

sha.wa.a o a.bi.te mo i.i de.su ka

可以淋浴嗎？

123 １週間(いっしゅうかん)に１回(いっかい)、買(か)い物(もの)をします。

i.s.shu.u.ka.n ni i.k.ka.i ka.i.mo.no o shi.ma.su

一個星期買一次東西。

124 丈夫(じょうぶ)な箱(はこ)に入(い)れましょう。

jo.o.bu.na ha.ko ni i.re.ma.sho.o

放入堅固的箱子吧！

125 田中(たなか)さんは日本人(にほんじん)です。

ta.na.ka sa.n wa ni.ho.n.ji.n de.su

田中先生是日本人。

126 蔡(さい)さんは台湾人(たいわんじん)です。

sa.i sa.n wa ta.i.wa.n.ji.n de.su

蔡先生是台灣人。

127 マイケルさんはアメリカ人(じん)です。

ma.i.ke.ru sa.n wa a.me.ri.ka.ji.n de.su

麥可先生是美國人。

128 新聞(しんぶん)を読(よ)みます。

shi.n.bu.n o yo.mi.ma.su

看報紙。

129 父(ちち)はタバコを吸(す)いません。

chi.chi wa ta.ba.ko o su.i.ma.se.n

父親不抽菸。

130 すぐに送(おく)ります。

su.gu ni o.ku.ri.ma.su

立刻送出。

131 日本(にほん)の5月(ごがつ)は涼(すず)しいです。

ni.ho.n no go.ga.tsu wa su.zu.shi.i de.su

日本的五月很涼爽。

132 ストーブを使(つか)います。

su.to.o.bu o tsu.ka.i.ma.su

使用暖爐。

133 外(そと)がうるさくて眠(ねむ)れません。

so.to ga u.ru.sa.ku.te ne.mu.re.ma.se.n

因為外面很吵，所以睡不著。

134 このスリッパをお履(は)きください。

ko.no su.ri.p.pa o o ha.ki ku.da.sa.i

請穿這雙拖鞋。

135 あの椅子(いす)にお座(すわ)りください。

a.no i.su ni o su.wa.ri ku.da.sa.i

請坐那張椅子。

136 息子は背がとても低いです。
mu.su.ko wa se ga to.te.mo hi.ku.i de.su
我兒子個子非常矮。

137 この道は狭いです。
ko.no mi.chi wa se.ma.i de.su
這條路很窄。

138 私もそう思います。
wa.ta.shi mo so.o o.mo.i.ma.su
我也是這樣想。

139 知りませんでした。
shi.ri.ma.se.n.de.shi.ta
我（之前）不曉得。

140 週末、部屋を掃除します。
shu.u.ma.tsu he.ya o so.o.ji.shi.ma.su
週末，要打掃房間。

你也可以這樣說 38 MP3

そこは入口（いりぐち）です。

so.ko wa i.ri.gu.chi de.su

那裡是入口。

そこは出口（でぐち）です。

so.ko wa de.gu.chi de.su

那裡是出口。

浴室（よくしつ）はどこですか。

yo.ku.shi.tsu wa do.ko de.su ka

浴室在哪裡呢？

それは兄（あに）の時計（とけい）です。

so.re wa a.ni no to.ke.e de.su

那是我哥哥的鐘錶。

体（からだ）はもう大丈夫（だいじょうぶ）ですか。

ka.ra.da wa mo.o da.i.jo.o.bu de.su ka

身體已經好了嗎？

台所（だいどころ）は料理（りょうり）をする所（ところ）です。

da.i.do.ko.ro wa ryo.o.ri o su.ru to.ko.ro de.su

廚房是做菜的地方。

とても面白（おもしろ）いアイディアです。

to.te.mo o.mo.shi.ro.i a.i.di.a de.su

非常有趣的點子。

近所（きんじょ）に高層（こうそう）ビルが建（た）ちました。

ki.n.jo ni ko.o.so.o bi.ru ga ta.chi.ma.shi.ta

附近高樓大廈蓋起來了。

立派（りっぱ）な建物（たてもの）です。

ri.p.pa.na ta.te.mo.no de.su

雄偉的建築物。

１０１（いちまるいち）は台北（タイペイ）のランドマークです。

i.chi.ma.ru.i.chi wa ta.i.pe.e no ra.n.do.ma.a.ku de.su

一〇一是台北的地標。

タバコはやめたほうがいいです。

ta.ba.ko wa ya.me.ta ho.o ga i.i de.su

菸還是戒掉比較好。

あの人は誰ですか。

a.no hi.to wa da.re de.su ka

那個人是誰呢？

庭に誰かいます。

ni.wa ni da.re ka i.ma.su

院子裡有人。

これからだんだん暑くなります。

ko.re.ka.ra da.n.da.n a.tsu.ku na.ri.ma.su

接下來會漸漸地變熱。

小犬は小さくて可愛いです。

ko.i.nu wa chi.i.sa.ku.te ka.wa.i.i de.su

小狗又小又可愛。

ちい　どうぶつ　す
小さな動物が好きです。

chi.i.sa.na do.o.bu.tsu ga su.ki de.su

喜歡小動物。

むすめ　ちか　けっこん
娘は近く結婚します。

mu.su.me wa chi.ka.ku ke.k.ko.n.shi.ma.su

女兒快要結婚。

ちち　かいしゃいん
父は会社員です。

chi.chi wa ka.i.sha.i.n de.su

家父是上班族。

ちち　かいしゃ　ごじゅうねん　つと
父はあの会社に50年も勤めました。

chi.chi wa a.no ka.i.sha ni go.ju.u.ne.n mo tsu.to.me.ma.shi.ta

父親在那家公司上了五十年的班。

わたし　てんしょく　かんが
私は転職を考えています。

wa.ta.shi wa te.n.sho.ku o ka.n.ga.e.te i.ma.su

我正考慮換工作。

老師教你說 39 MP3

161 今日は風がとても強いです。
kyo.o wa ka.ze ga to.te.mo tsu.yo.i de.su
今天風很強。

162 これは日本のポップミュージックです。
ko.re wa ni.ho.n no po.p.pu.myu.u.ji.k.ku de.su
這是日本的流行音樂。

163 出口は2つあります。
de.gu.chi wa fu.ta.tsu a.ri.ma.su
出口有二個。

164 じゃ、みんなで行きましょう。
ja mi.n.na de i.ki.ma.sho.o
那麼，大家一起去吧！

165 9時に家を出ました。
ku.ji ni u.chi o de.ma.shi.ta
在九點出門了。

166 弟(おとうと)はテレビを見(み)ています。
o.to.o.to wa te.re.bi o mi.te i.ma.su
弟弟正在看電視。

167 今日(きょう)は天気(てんき)がとてもいいです。
kyo.o wa te.n.ki ga to.te.mo i.i de.su
今天天氣非常好。

168 ドアを開(あ)けてください。
do.a o a.ke.te ku.da.sa.i
請把門打開。

169 どうして一緒(いっしょ)に行(い)きませんでしたか。
do.o.shi.te i.s.sho ni i.ki.ma.se.n.de.shi.ta ka
為什麼沒有一起去呢？

170 最近(さいきん)、パソコンの調子(ちょうし)が悪(わる)いです。
sa.i.ki.n pa.so.ko.n no cho.o.shi ga wa.ru.i de.su
最近，電腦的狀況不好。

171 ここはとてもいい所です。

ko.ko wa to.te.mo i.i to.ko.ro de.su

這裡是個非常好的地方。

172 両親はだいぶ年をとりました。

ryo.o.shi.n wa da.i.bu to.shi o to.ri.ma.shi.ta

父母親變得相當老了。

173 放課後、図書館で勉強します。

ho.o.ka.go to.sho.ka.n de be.n.kyo.o.shi.ma.su

放學後，在圖書館唸書。

174 お国はどちらですか。

o ku.ni wa do.chi.ra de.su ka

請問您是哪一國人呢？

175 近所の人は親切です。

ki.n.jo no hi.to wa shi.n.se.tsu de.su

鄰居很親切。

176 妹(いもうと)は友達(ともだち)がたくさんいます。
i.mo.o.to wa to.mo.da.chi ga ta.ku.sa.n i.ma.su
妹妹有很多朋友。

177 たくさんの鳥(とり)が鳴(な)いています。
ta.ku.sa.n no to.ri ga na.i.te i.ma.su
很多鳥在叫。

178 もう時間(じかん)がありません。
mo.o ji.ka.n ga a.ri.ma.se.n
已經沒有時間了。

179 その箱(はこ)の中身(なかみ)は何(なん)ですか。
so.no ha.ko no na.ka.mi wa na.n de.su ka
那個箱子裡面是什麼呢？

180 彼(かれ)は足(あし)が長(なが)いです。
ka.re wa a.shi ga na.ga.i de.su
他的腳很長。

你也可以這樣說 40 MP3

赤(あか)ちゃんが泣(な)いています。

a.ka.cha.n ga na.i.te i.ma.su

嬰兒正在哭。

台湾(たいわん)の夏(なつ)はかなり暑(あつ)いです。

ta.i.wa.n no na.tsu wa ka.na.ri a.tsu.i de.su

台灣的夏天相當熱。

牛(うし)が2頭(にとう)います。

u.shi ga ni.to.o i.ma.su

有二頭牛。

庭(にわ)に鶏(にわとり)が2羽(にわ)います。

ni.wa ni ni.wa.to.ri ga ni.wa i.ma.su

院子裡有二隻雞。

夜市(よいち)はとてもにぎやかです。

yo.i.chi wa to.te.mo ni.gi.ya.ka de.su

夜市非常熱鬧。

たいよう　にし　しず
太陽は西に沈みます。

ta.i.yo.o wa ni.shi ni shi.zu.mi.ma.su

太陽從西邊落下。

わたし　たんじょう び　ろくがつにじゅうににち
私の誕生日は６月２２日です。

wa.ta.shi no ta.n.jo.o.bi wa ro.ku.ga.tsu ni.ju.u.ni.ni.chi de.su

我的生日是六月二十二日。

さいきん
最近どんなニュースがありましたか。

sa.i.ki.n do.n.na nyu.u.su ga a.ri.ma.shi.ta ka

最近有什麼新聞嗎？

にわ　はな　さ
庭にたくさんの花が咲いています。

ni.wa ni ta.ku.sa.n no ha.na ga sa.i.te i.ma.su

院子裡開著好多花。

しゃいん　はちにん
社員は８人います。

sha.i.n wa ha.chi.ni.n i.ma.su

員工有八位。

家には猫が１匹と犬が2匹います。

u.chi ni wa ne.ko ga i.p.pi.ki to i.nu ga ni.hi.ki i.ma.su

我家有一隻貓和二隻狗。

私は毎日１2時ごろ寝ます。

wa.ta.shi wa ma.i.ni.chi ju.u.ni.ji go.ro ne.ma.su

我每天十二點左右睡覺。

彼女は外国に１年いました。

ka.no.jo wa ga.i.ko.ku ni i.chi.ne.n i.ma.shi.ta

她在國外待了一年。

階段を上ったり下りたりするのは大変です。

ka.i.da.n o no.bo.t.ta.ri o.ri.ta.ri su.ru no wa ta.i.he.n de.su

樓梯爬上爬下很辛苦。

タバコは灰皿に捨ててください。

ta.ba.ko wa ha.i.za.ra ni su.te.te ku.da.sa.i

請把菸丟在菸灰缸裡。

娘(むすめ)はもう20才(はたち)になりました。

mu.su.me wa mo.o ha.ta.chi ni na.ri.ma.shi.ta

我女兒已經二十歲了。

風邪(かぜ)をひいているので、鼻(はな)がつまります。

ka.ze o hi.i.te i.ru no.de ha.na ga tsu.ma.ri.ma.su

因為感冒，鼻子塞住。

母(はは)は専業主婦(せんぎょうしゅふ)です。

ha.ha wa se.n.gyo.o.shu.fu de.su

家母是家庭主婦。

祖父母(そふぼ)は起(お)きるのが早(はや)いです。

so.fu.bo wa o.ki.ru no ga ha.ya.i de.su

祖父母起得很早。

春(はる)がやっと来(き)ました。

ha.ru ga ya.t.to ki.ma.shi.ta

春天終於來了。

老師教你說 41 MP3

201 ハンカチを忘(わす)れてしまいました。
ha.n.ka.chi o wa.su.re.te shi.ma.i.ma.shi.ta
把手帕給忘了。

202 母(はは)はピアノが上手(じょうず)です。
ha.ha wa pi.a.no ga jo.o.zu de.su
母親很會彈鋼琴。

203 フィルムがもうありません。
fi.ru.mu ga mo.o a.ri.ma.se.n
已經沒有底片了。

204 韓国(かんこく)の冬(ふゆ)はとても寒(さむ)いです。
ka.n.ko.ku no fu.yu wa to.te.mo sa.mu.i de.su
韓國的冬天非常冷。

205 急(きゅう)に雨(あめ)が降(ふ)ってきました。
kyu.u ni a.me ga fu.t.te ki.ma.shi.ta
突然下起雨來了。

206 ぎんこう　さんじ　さんじゅっぷん
銀行は３時３０分までです。
gi.n.ko.o wa sa.n.ji sa.n.ju.p.pu.n ma.de de.su
銀行是到三點三十分為止。

207 か
ペットを飼いたいです。
pe.t.to o ka.i.ta.i de.su
想養寵物。

208 げんだいじん　こま
現代人はパソコンがないと困ってしまいます。
ge.n.da.i.ji.n wa pa.so.ko.n ga na.i to ko.ma.t.te shi.ma.i.ma.su
現代的人沒有電腦，會很傷腦筋。

209 さんぼん　か
ボールペンを３本買いました。
bo.o.ru.pe.n o sa.n.bo.n ka.i.ma.shi.ta
買了三支原子筆。

210 まいしゅう　はは　でんわ
毎週、母に電話をかけます。
ma.i.shu.u ha.ha ni de.n.wa o ka.ke.ma.su
每個禮拜，打電話給媽媽。

211 窓(まど)を開(あ)けましょう。
ma.do o a.ke.ma.sho.o
把窗戶打開吧！

212 １万円(いちまんえん)ください。
i.chi.ma.n.e.n ku.da.sa.i
請給我一萬日圓。

213 ご飯(はん)を食(た)べたら歯(は)を磨(みが)きます。
go.ha.n o ta.be.ta.ra ha o mi.ga.ki.ma.su
飯後刷牙。

214 最近(さいきん)、父(ちち)は耳(みみ)が遠(とお)くなりました。
sa.i.ki.n chi.chi wa mi.mi ga to.o.ku na.ri.ma.shi.ta
最近，父親聽力減退了。

215 もしもし、林(りん)です。
mo.shi.mo.shi ri.n de.su
喂喂，敝姓林。

216 彼(かれ)のお父(とう)さんはとても厳(きび)しい人(ひと)です。
ka.re no o.to.o.sa.n wa to.te.mo ki.bi.shi.i hi.to de.su
他的父親是非常嚴厲的人。

217 郵便局(ゆうびんきょく)は5時(ごじ)までです。
yu.u.bi.n.kyo.ku wa go.ji ma.de de.su
郵局到五點為止。

218 夕(ゆう)べは雨(あめ)でした。
yu.u.be wa a.me de.shi.ta
昨晚下了雨。

219 郵便局(ゆうびんきょく)の横(よこ)は本屋(ほんや)です。
yu.u.bi.n.kyo.ku no yo.ko wa ho.n.ya de.su
郵局的旁邊是書店。

220 お姉(ねえ)さんを呼(よ)んでください。
o.ne.e.sa.n o yo.n.de ku.da.sa.i
請叫姊姊。

娘(むすめ)は体(からだ)が弱(よわ)いです。

mu.su.me wa ka.ra.da ga yo.wa.i de.su

女兒的身體很弱。

彼(かれ)は立派(りっぱ)な家(いえ)に住(す)んでいます。

ka.re wa ri.p.pa.na i.e ni su.n.de i.ma.su

他住在氣派的房子裡。

家(うち)の冷蔵庫(れいぞうこ)はとても大(おお)きいです。

u.chi no re.e.zo.o.ko wa to.te.mo o.o.ki.i de.su

我家的冰箱非常大。

昨日(きのう)、大(おお)きな地震(じしん)がありました。

ki.no.o o.o.ki.na ji.shi.n ga a.ri.ma.shi.ta

昨天，有大地震。

津波(つなみ)は怖(こわ)いです。

tsu.na.mi wa ko.wa.i de.su

海嘯很可怕。

街頭で募金活動をします。

ga.i.to.o de bo.ki.n ka.tsu.do.o o shi.ma.su

在街頭做募款活動。

隣の部屋は来月空く予定です。

to.na.ri no he.ya wa ra.i.ge.tsu a.ku yo.te.e de.su

隔壁的房間預計下個月會空出來。

台湾はアジアの国の１つです。

ta.i.wa.n wa a.ji.a no ku.ni no hi.to.tsu de.su

台灣是亞洲國家之一。

地震の時は安全な場所に隠れなさい。

ji.shi.n no to.ki wa a.n.ze.n.na ba.sho ni ka.ku.re.na.sa.i

地震的時候，要躲在安全的地方！

必ず生きて帰ります。

ka.na.ra.zu i.ki.te ka.e.ri.ma.su

一定會活著回來。

この椅子は石で作られています。

ko.no i.su wa i.shi de tsu.ku.ra.re.te i.ma.su

這張椅子是石頭做的。

公園に花がいっぱい咲いています。

ko.o.e.n ni ha.na ga i.p.pa.i sa.i.te i.ma.su

公園裡，花滿滿地開著。

田舎の生活は静かです。

i.na.ka no se.e.ka.tsu wa shi.zu.ka de.su

鄉下的生活很安靜。

公園に木を植えます。

ko.o.e.n ni ki o u.e.ma.su

在公園裡種樹。

今度、お宅に伺います。

ko.n.do o ta.ku ni u.ka.ga.i.ma.su

下次，拜訪貴府。

事務所は向こうのビルに移りました。

ji.mu.sho wa mu.ko.o no bi.ru ni u.tsu.ri.ma.shi.ta

辦公室搬到對面的大廈了。

屋上に花がいっぱい咲いています。

o.ku.jo.o ni ha.na ga i.p.pa.i sa.i.te i.ma.su

屋頂上開著好多花。

お客さんを玄関まで送りました。

o kya.ku sa.n o ge.n.ka.n ma.de o.ku.ri.ma.shi.ta

將客人送到了玄關。

展覧会をあそこで行っています。

te.n.ra.n.ka.i o a.so.ko de o.ko.na.t.te i.ma.su

展覽會正在那邊舉行。

押入れに布団があります。

o.shi.i.re ni fu.to.n ga a.ri.ma.su

壁櫥裡有棉被。

241 お宅(たく)は何階(なんがい)ですか。
o ta.ku wa na.n.ga.i de.su ka
您府上是在幾樓呢？

242 父(ちち)は家(いえ)におります。
chi.chi wa i.e ni o.ri.ma.su
家父在家。

243 夫(おっと)は海外(かいがい)にいます。
o.t.to wa ka.i.ga.i ni i.ma.su
外子在國外。

244 強(つよ)い風(かぜ)で木(き)が折(お)れました。
tsu.yo.i ka.ze de ki ga o.re.ma.shi.ta
因為強風，樹折斷了。

245 病院(びょういん)で赤(あか)ちゃんが生(う)まれました。
byo.o.i.n de a.ka.cha.n ga u.ma.re.ma.shi.ta
嬰兒在醫院誕生了。

246 地震(じしん)で机(つくえ)が動(うご)きました。

ji.shi.n de tsu.ku.e ga u.go.ki.ma.shi.ta

因為地震，桌子搖動了。

247 カーテンを開(あ)けてください。

ka.a.te.n o a.ke.te ku.da.sa.i

請打開窗簾。

248 この海岸(かいがん)はとても長(なが)いです。

ko.no ka.i.ga.n wa to.te.mo na.ga.i de.su

這個海岸非常長。

249 主人(しゅじん)はいつも帰(かえ)りが遅(おそ)いです。

shu.ji.n wa i.tsu.mo ka.e.ri ga o.so.i de.su

我先生總是很晚回家。

250 椅子(いす)に腰(こし)をかけます。

i.su ni ko.shi o ka.ke.ma.su

坐在椅子上。

251 壁に絵をかけます。

ka.be ni e o ka.ke.ma.su

把畫掛在牆上。

252 部屋をきれいに飾りました。

he.ya o ki.re.e.ni ka.za.ri.ma.shi.ta

把房間佈置得很漂亮了。

253 昨日、火事のニュースを見ましたか。

ki.no.o ka.ji no nyu.u.su o mi.ma.shi.ta ka

昨天，看到火災的新聞了嗎？

254 ガスを使うときは気をつけてください。

ga.su o tsu.ka.u to.ki wa ki o tsu.ke.te ku.da.sa.i

使用瓦斯時請小心。

255 課長は会議室にいます。

ka.cho.o wa ka.i.gi.shi.tsu ni i.ma.su

課長在會議室。

256 彼(かれ)らはアメリカ人(じん)です。

ka.re.ra wa a.me.ri.ka.ji.n de.su

他們是美國人。

257 桜(さくら)の季節(きせつ)になりました。

sa.ku.ra no ki.se.tsu ni na.ri.ma.shi.ta

櫻花的季節到了。

258 客(きゃく)が来(く)る前(まえ)に掃除(そうじ)します。

kya.ku ga ku.ru ma.e ni so.o.ji.shi.ma.su

客人來之前打掃。

259 近所(きんじょ)の人(ひと)に迷惑(めいわく)をかけます。

ki.n.jo no hi.to ni me.e.wa.ku o ka.ke.ma.su

給鄰居添麻煩。

260 私(わたし)は新宿区(しんじゅくく)西新宿(にししんじゅく)に住(す)んでいます。

wa.ta.shi wa shi.n.ju.ku.ku ni.shi.shi.n.ju.ku ni su.n.de i.ma.su

我住在新宿區西新宿。

田舎の空気はとても新鮮です。

i.na.ka no ku.u.ki wa to.te.mo shi.n.se.n de.su

鄉下的空氣非常新鮮。

牛が草を食べています。

u.shi ga ku.sa o ta.be.te i.ma.su

牛正在吃草。

冬は早く日が暮れます。

fu.yu wa ha.ya.ku hi ga ku.re.ma.su

冬天太陽早下山。

山田さんの部屋はとてもきれいです。

ya.ma.da sa.n no he.ya wa to.te.mo ki.re.e de.su

山田小姐的房間非常乾淨。

季節が変わると景色も変わります。

ki.se.tsu ga ka.wa.ru to ke.shi.ki mo ka.wa.ri.ma.su

季節一轉換，景色也跟著改變。

学校の近くに下宿しています。

ga.k.ko.o no chi.ka.ku ni ge.shu.ku.shi.te i.ma.su

在學校附近租房子住。

東京ディズニーランドは千葉県にあります。

to.o.kyo.o.di.zu.ni.i.ra.n.do wa chi.ba.ke.n ni a.ri.ma.su

東京迪士尼樂園在千葉縣。

火事の原因はまだ分かりません。

ka.ji no ge.n.i.n wa ma.da wa.ka.ri.ma.se.n

還不知道失火的原因。

ご両親はどちらですか。

go ryo.o.shi.n wa do.chi.ra de.su ka

請問令尊令堂在哪裡呢？

この町の主な工業は鉄鋼です。

ko.no ma.chi no o.mo.na ko.o.gyo.o wa te.k.ko.o de.su

這個城鎮主要的工業是鋼鐵。

小鳥が木の上で鳴いています。

ko.to.ri ga ki no u.e de na.i.te i.ma.su

小鳥在樹上叫著。

火曜日は燃えるごみの日です。

ka.yo.o.bi wa mo.e.ru go.mi no hi de.su

星期二是丟可燃垃圾的日子。

細かいところも掃除しなければいけません。

ko.ma.ka.i to.ko.ro mo so.o.ji.shi.na.ke.re.ba i.ke.ma.se.n

細微的地方也得清掃。

地震で家が壊れました。

ji.shi.n de i.e ga ko.wa.re.ma.shi.ta

因為地震房子壞了。

今夜、友達の家に泊まります。

ko.n.ya to.mo.da.chi no u.chi ni to.ma.ri.ma.su

今晚，住朋友家。

ガラスが割(わ)れると危(あぶ)ないです。

ga.ra.su ga wa.re.ru to a.bu.na.i de.su

玻璃要是破了，很危險。

さっき帰(かえ)ったばかりです。

sa.k.ki ka.e.t.ta ba.ka.ri de.su

剛剛才回來。

1人(ひとり)の夜(よる)は寂(さび)しいです。

hi.to.ri no yo.ru wa sa.bi.shi.i de.su

一個人的夜晚是寂寞的。

この辺(へん)は事故(じこ)がよく起(お)こります。

ko.no he.n wa ji.ko ga yo.ku o.ko.ri.ma.su

這一帶常發生事故。

今年(ことし)は地震(じしん)が 3 回(さんかい)ありました。

ko.to.shi wa ji.shi.n ga sa.n.ka.i a.ri.ma.shi.ta

今年有三次地震。

老師教你說 45 MP3

281 しばらく部屋（へや）を借（か）ります。
shi.ba.ra.ku he.ya o ka.ri.ma.su
暫時借一下房間。

282 その島（しま）には誰（だれ）も住（す）んでいません。
so.no shi.ma ni wa da.re mo su.n.de i.ma.se.n
那座島嶼沒有住半個人。

283 私（わたし）は台北市民（タイペイしみん）です。
wa.ta.shi wa ta.i.pe.e shi.mi.n de.su
我是台北市民。

284 事務所（じむしょ）に電話（でんわ）があります。
ji.mu.sho ni de.n.wa ga a.ri.ma.su
辦公室裡有電話。

285 私（わたし）たちは社会（しゃかい）の一員（いちいん）です。
wa.ta.shi ta.chi wa sha.ka.i no i.chi.i.n de.su
我們是社會的一份子。

286 2人(ふたり)で住(す)むには充分(じゅうぶん)な大(おお)きさです。

fu.ta.ri de su.mu ni wa ju.u.bu.n.na o.o.ki.sa de.su

二個人住的話，夠大了。

287 アメリカは自由(じゆう)な国(くに)です。

a.me.ri.ka wa ji.yu.u.na ku.ni de.su

美國是自由的國家。

288 住所(じゅうしょ)を書(か)いてください。

ju.u.sho o ka.i.te ku.da.sa.i

請寫下住址。

289 新聞社(しんぶんしゃ)の電話番号(でんわばんごう)は何番(なんばん)ですか。

shi.n.bu.n.sha no de.n.wa.ba.n.go.o wa na.n.ba.n de.su ka

報社的電話號碼是幾號呢？

290 神社(じんじゃ)の前(まえ)に鳥居(とりい)があります。

ji.n.ja no ma.e ni to.ri.i ga a.ri.ma.su

神社的前面有鳥居（神社牌樓）。

291

ごみを捨(す)てます。

go.mi o su.te.ma.su

丟垃圾。

292

ステレオが壊(こわ)れました。

su.te.re.o ga ko.wa.re.ma.shi.ta

音響壞掉了。

293

部屋(へや)の隅(すみ)にごみがあります。

he.ya no su.mi ni go.mi ga a.ri.ma.su

房間的角落有垃圾。

294

すりに注意(ちゅうい)してください。

su.ri.ni chu.u.i.shi.te ku.da.sa.i

請注意扒手。

295

台湾(たいわん)の人(ひと)は政治(せいじ)への関心(かんしん)が高(たか)いです。

ta.i.wa.n no hi.to wa se.e.ji e no ka.n.shi.n ga ta.ka.i de.su

台灣人熱衷於政治。

296 中国(ちゅうごく)の人口(じんこう)は世界(せかい)で一番多(いちばんおお)いです。

chu.u.go.ku no ji.n.ko.o wa se.ka.i de i.chi.ba.n o.o.i de.su

中國的人口是世界上最多的。

297 あなたの席(せき)はどこですか。

a.na.ta no se.ki wa do.ko de.su ka

你的座位在哪裡呢？

298 父(ちち)はもうすぐ退院(たいいん)します。

chi.chi wa mo.o.su.gu ta.i.i.n.shi.ma.su

父親即將出院。

299 先生(せんせい)のお宅(たく)を訪(たず)ねます。

se.n.se.e no o ta.ku o ta.zu.ne.ma.su

拜訪老師的府上。

300 畳(たたみ)はいい匂(にお)いがします。

ta.ta.mi wa i.i ni.o.i ga shi.ma.su

榻榻米好香。

你也可以這樣說 46 MP3

手(て)をきれいに洗(あら)いなさい。

te o ki.re.e ni a.ra.i.na.sa.i

把手洗乾淨！

家(いえ)を建(た)てます。

i.e o ta.te.ma.su

蓋房子。

だんだん寒(さむ)くなります。

da.n.da.n sa.mu.ku na.ri.ma.su

漸漸變冷。

寒(さむ)いので、暖房(だんぼう)をつけましょう。

sa.mu.i no.de da.n.bo.o o tsu.ke.ma.sho.o

因為很冷，開暖氣吧！

先週(せんしゅう)、引(ひ)っ越(こ)しました。

se.n.shu.u hi.k.ko.shi.ma.shi.ta

上禮拜，搬家了。

この辺(へん)の地理(ちり)をよく知(し)りません。

ko.no he.n no chi.ri o yo.ku shi.ri.ma.se.n

不太清楚這附近的地理環境。

泥棒(どろぼう)を捕(つか)まえました。

do.ro.bo.o o tsu.ka.ma.e.ma.shi.ta

逮捕到小偷了。

今日(きょう)は月(つき)が出(で)ていません。

kyo.o wa tsu.ki ga de.te i.ma.se.n

今天月亮沒有出來。

街灯(がいとう)の明(あ)かりがつきました。

ga.i.to.o no a.ka.ri ga tsu.ki.ma.shi.ta

街燈亮了。

雨(あめ)の日(ひ)が続(つづ)いています。

a.me no hi ga tsu.zu.i.te i.ma.su

下雨的日子持續著。

寒(さむ)いので、手袋(てぶくろ)をします。

sa.mu.i no.de te.bu.ku.ro o shi.ma.su

因為很冷，所以戴手套。

日本(にほん)には立派(りっぱ)なお寺(てら)がたくさんあります。

ni.ho.n ni wa ri.p.pa.na o te.ra ga ta.ku.sa.n a.ri.ma.su

在日本有很多雄偉的寺廟。

出(で)かける前(まえ)に天気予報(てんきよほう)を見(み)てください。

de.ka.ke.ru ma.e ni te.n.ki.yo.ho.o o mi.te ku.da.sa.i

出門前請看天氣預報。

海外(かいがい)へ電報(でんぽう)を送(おく)ります。

ka.i.ga.i e de.n.po.o o o.ku.ri.ma.su

發電報到國外。

住所(じゅうしょ)は東京都渋谷区(とうきょうとしぶやく)です。

ju.u.sho wa to.o.kyo.o.to shi.bu.ya.ku de.su

地址是東京都澀谷區。

今年(ことし)の夏(なつ)は特(とく)に暑(あつ)かったです。

ko.to.shi no na.tsu wa to.ku.ni a.tsu.ka.t.ta de.su

今年的夏天特別熱。

ホテルに泊(と)まりました。

ho.te.ru ni to.ma.ri.ma.shi.ta

投宿了旅館。

昨日(きのう)、泥棒(どろぼう)に入(はい)られました。

ki.no.o do.ro.bo.o ni ha.i.ra.re.ma.shi.ta

昨天，遭小偷了。

その日(ひ)は都合(つごう)が悪(わる)いです。

so.no hi wa tsu.go.o ga wa.ru.i de.su

那一天不方便。

よろしく伝(つた)えてください。

yo.ro.shi.ku tsu.ta.e.te ku.da.sa.i

請代為問候。

321 <ruby>電話<rt>でんわ</rt></ruby>が<ruby>鳴<rt>な</rt></ruby>っています。

de.n.wa ga na.t.te i.ma.su

電話在響。

322 お<ruby>金<rt>かね</rt></ruby>を<ruby>盗<rt>ぬす</rt></ruby>まれました。

o ka.ne o nu.su.ma.re.ma.shi.ta

錢被偷了。

323 <ruby>昨日<rt>きのう</rt></ruby>は<ruby>徹夜<rt>てつや</rt></ruby>だったので、とても<ruby>眠<rt>ねむ</rt></ruby>いです。

ki.no.o wa te.tsu.ya da.t.ta no.de to.te.mo ne.mu.i de.su

因為昨天徹夜未眠，所以非常想睡。

324 <ruby>秋<rt>あき</rt></ruby>になると<ruby>葉<rt>は</rt></ruby>が<ruby>散<rt>ち</rt></ruby>ります。

a.ki ni na.ru to ha ga chi.ri.ma.su

一到秋天，葉子就掉落。

325 <ruby>林<rt>はやし</rt></ruby>を<ruby>抜<rt>ぬ</rt></ruby>けると、<ruby>町<rt>まち</rt></ruby>が<ruby>見<rt>み</rt></ruby>えます。

ha.ya.shi o nu.ke.ru to ma.chi ga mi.e.ma.su

一穿過樹林，就可以看到城鎮。

326 雪の日はとても寒いです。
yu.ki no hi wa to.te.mo sa.mu.i de.su
下雪天非常冷。

327 お湯が冷えました。
o yu ga hi.e.ma.shi.ta
熱水變涼了。

328 太陽の光が眩しいです。
ta.i.yo.o no hi.ka.ri ga ma.bu.shi.i de.su
太陽的光很刺眼。

329 田舎へ引っ越しました。
i.na.ka e hi.k.ko.shi.ma.shi.ta
搬到鄉下去了。

330 今日はひどい寒さでした。
kyo.o wa hi.do.i sa.mu.sa de.shi.ta
今天非常冷。

331 自動(じどう)ドアが開(ひら)きました。
ji.do.o do.a ga hi.ra.ki.ma.shi.ta
自動門開了。

332 人口(じんこう)が増(ふ)えました。
ji.n.ko.o ga fu.e.ma.shi.ta
人口增加了。

333 祖父(そふ)は不便(ふべん)なところに住(す)んでいます。
so.fu wa fu.be.n.na to.ko.ro ni su.n.de i.ma.su
祖父住在不方便的地方。

334 芝生(しばふ)を踏(ふ)まないでください。
shi.ba.fu o fu.ma.na.i.de ku.da.sa.i
請勿踐踏草坪。

335 部屋(へや)から変(へん)な音(おと)が聞(き)こえました。
he.ya ka.ra he.n.na o.to ga ki.ko.e.ma.shi.ta
從房間傳來奇怪的聲音。

336 今晩は星が見えません。
ko.n.ba.n wa ho.shi ga mi.e.ma.se.n
今天晚上看不到星星。

337 扇風機が回っています。
se.n.pu.u.ki ga ma.wa.t.te i.ma.su
電風扇轉著。

338 机の真ん中に花瓶が置いてあります。
tsu.ku.e no ma.n.na.ka ni ka.bi.n ga o.i.te a.ri.ma.su
桌子的正中間放著花瓶。

339 海が見えます。
u.mi ga mi.e.ma.su
看得到海。

340 琵琶湖は日本で一番大きい湖です。
bi.wa.ko wa ni.ho.n de i.chi.ba.n o.o.ki.i mi.zu.u.mi de.su
琵琶湖是日本最大的湖泊。

昔(むかし)、この辺(へん)は海(うみ)でした。

mu.ka.shi ko.no he.n wa u.mi de.shi.ta

以前，這附近是海。

息子(むすこ)はアメリカにいます。

mu.su.ko wa a.me.ri.ka ni i.ma.su

我兒子在美國。

雪(ゆき)が止(や)むまで待(ま)つしかありません。

yu.ki ga ya.mu ma.de ma.tsu shi.ka a.ri.ma.se.n

到雪停為止，只能等待。

天気予報(てんきよほう)によると明日(あした)は晴(は)れだそうです。

te.n.ki.yo.ho.o ni yo.ru to a.shi.ta wa ha.re da so.o de.su

根據氣象預告，明天是晴天。

いつ伺(うかが)えばよろしいですか。

i.tsu u.ka.ga.e.ba yo.ro.shi.i de.su ka

何時拜訪比較好呢？

父(ちち)は今(いま)、留守(るす)です。

chi.chi wa i.ma ru.su de.su

父親現在不在家。

冷房(れいぼう)がほしいです。

re.e.bo.o ga ho.shi.i de.su

想要冷氣。

お風呂(ふろ)を沸(わ)かしてください。

o fu.ro o wa.ka.shi.te ku.da.sa.i

請把洗澡水燒開。

お湯(ゆ)が沸(わ)きました。

o yu ga wa.ki.ma.shi.ta

熱水開了。

ガラスが割(わ)れてしまいました。

ga.ra.su ga wa.re.te shi.ma.i.ma.shi.ta

玻璃碎掉了。

ここは私(わたし)の家(うち)です。

ko.ko wa wa.ta.shi no u.chi de.su

這裡是我的家。

そこは王先生(おうせんせい)の家(うち)です。

so.ko wa o.o se.n.se.e no u.chi de.su

那裡是王老師的家。

友達(ともだち)が家(うち)へご飯(はん)を食(た)べに来(き)ました。

to.mo.da.chi ga u.chi e go.ha.n o ta.be ni ki.ma.shi.ta

朋友來家裡吃飯了。

友達(ともだち)に傘(かさ)を借(か)ります。

to.mo.da.chi ni ka.sa o ka.ri.ma.su

向朋友借傘。

毎日(まいにち)、彼(かれ)に電話(でんわ)を掛(か)けます。

ma.i.ni.chi ka.re ni de.n.wa o ka.ke.ma.su

每天，打電話給他。

勉強(べんきょう)してから、オンラインゲームをします。

be.n.kyo.o.shi.te ka.ra o.n.ra.i.n.ge.e.mu o shi.ma.su

讀書之後，打線上遊戲。

あの山(やま)はとても有名(ゆうめい)です。

a.no ya.ma wa to.te.mo yu.u.me.e de.su

那座山非常有名。

この町(まち)は静(しず)かではありません。

ko.no ma.chi wa shi.zu.ka.de.wa a.ri.ma.se.n

這個城鎮不安靜。

この公園(こうえん)は大(おお)きいです。

ko.no ko.o.e.n wa o.o.ki.i de.su

這個公園很大。

この池(いけ)は大(おお)きくないです。

ko.no i.ke wa o.o.ki.ku.na.i de.su

這個池塘不大。

老師教你說 49 MP3

361 春が来ないと、桜の花は咲きません。
ha.ru ga ko.na.i to sa.ku.ra no ha.na wa sa.ki.ma.se.n
春天不來，櫻花就不會開。

362 日傘をささないと、日焼けしますよ。
hi.ga.sa o sa.sa.na.i to hi.ya.ke.shi.ma.su yo
不撐陽傘的話，會曬黑喔！

363 そばに誰もいません。
so.ba ni da.re mo i.ma.se.n
身旁沒有任何人。

364 教室に椅子があります。
kyo.o.shi.tsu ni i.su ga a.ri.ma.su
教室裡有椅子。

365 私は彼から花をもらいました。
wa.ta.shi wa ka.re ka.ra ha.na o mo.ra.i.ma.shi.ta
我從男朋友那裡收到花（男朋友送我花）。

366 先生は私に辞書をくれました。
se.e.se.e wa wa.ta.shi ni ji.sho o ku.re.ma.shi.ta
老師給了我字典（老師送我字典）。

367 今日、市場で野菜を買うつもりです。
kyo.o i.chi.ba de ya.sa.i o ka.u tsu.mo.ri de.su
今天，打算在市場買蔬菜。

368 今晩、肉じゃがを作る予定です。
ko.n.ba.n ni.ku.ja.ga o tsu.ku.ru yo.te.e de.su
今晚，預定要做馬鈴薯燉肉。

369 今日の午後、図書館へ行くつもりです。
kyo.o no go.go to.sho.ka.n e i.ku tsu.mo.ri de.su
今天下午，打算去圖書館。

370 日曜日、水族館へ行く予定です。
ni.chi.yo.o.bi su.i.zo.ku.ka.n e i.ku yo.te.e de.su
預定星期天去水族館。

371 **明日(あした)、Wii(ウィー)を買(か)うつもりです。**

a.shi.ta wi.i o ka.u tsu.mo.ri de.su

明天，打算要買Wii。

372 **あさってWii(ウィー)で遊(あそ)ぶ予定(よてい)です。**

a.sa.t.te wi.i de a.so.bu yo.te.e de.su

後天預定要玩Wii。

373 **たくさん買(か)ったので、母(はは)に叱(しか)られました。**

ta.ku.sa.n ka.t.ta no.de ha.ha ni shi.ka.ra.re.ma.shi.ta

因為買太多，所以被媽媽罵了。

Chapter 4

→ 行

1 あさって日本に行きます。
a.sa.t.te ni.ho.n ni i.ki.ma.su
後天去日本。

2 火曜日に図書館へ行きます。
ka.yo.o.bi ni to.sho.ka.n e i.ki.ma.su
星期二去圖書館。

3 昨日、銀行へ行きました。
ki.no.o gi.n.ko.o e i.ki.ma.shi.ta
昨天去了銀行。

4 9月に韓国へ行きました。
ku.ga.tsu ni ka.n.ko.ku e i.ki.ma.shi.ta
九月去韓國了。

5 外国へ行きます。
ga.i.ko.ku e i.ki.ma.su
出國。

6 **バイクは危(あぶ)ないです。**

ba.i.ku wa a.bu.na.i de.su

摩托車很危險。

7 **学校(がっこう)まで歩(ある)きます。**

ga.k.ko.o ma.de a.ru.ki.ma.su

走路到學校。

8 **学校(がっこう)へ行(い)きます。**

ga.k.ko.o e i.ki.ma.su

去學校。

9 **母(はは)は買(か)い物(もの)に行(い)きました。**

ha.ha wa ka.i.mo.no ni i.ki.ma.shi.ta

母親去買東西了。

10 **速達(そくたつ)は 1 日(いちにち)で着(つ)きます。**

so.ku.ta.tsu wa i.chi.ni.chi de tsu.ki.ma.su

限時專送一天會到。

11 駅(えき)には人(ひと)がたくさんいます。

e.ki ni wa hi.to ga ta.ku.sa.n i.ma.su

車站人很多。

12 赤(あか)いボタンを押(お)してください。

a.ka.i bo.ta.n o o.shi.te ku.da.sa.i

請按紅色按鈕。

13 速度(そくど)が遅(おそ)いです。

so.ku.do ga o.so.i de.su

速度慢。

14 迷(まよ)ったら、お巡(まわ)りさんに聞(き)いてください。

ma.yo.t.ta.ra o.ma.wa.ri.sa.n ni ki.i.te ku.da.sa.i

迷路的話，請向警察詢問。

15 この荷物(にもつ)は重(おも)いです。

ko.no ni.mo.tsu wa o.mo.i de.su

這個行李很重。

16 車(くるま)から降(お)ります。

ku.ru.ma ka.ra o.ri.ma.su

下車。

17 週(しゅう)に3回(さんかい)来(き)ます。

shu.u ni sa.n.ka.i ki.ma.su

一個禮拜來三次。

18 日本(にほん)まで3時間半(さんじかんはん)ぐらいかかります。

ni.ho.n ma.de sa.n.ji.ka.n ha.n gu.ra.i ka.ka.ri.ma.su

到日本大約需三個半小時。

19 あの角(かど)を曲(ま)がってください。

a.no ka.do o ma.ga.t.te ku.da.sa.i

請在那個轉角轉彎。

20 台湾(たいわん)のタクシーは黄色(きいろ)です。

ta.i.wa.n no ta.ku.shi.i wa ki.i.ro de.su

台灣的計程車是黃色。

你也可以這樣說 51 MP3

封筒（ふうとう）に切手（きって）を貼（は）ります。

fu.u.to.o ni ki.t.te o ha.ri.ma.su

在信封上貼郵票。

銀行（ぎんこう）は9時（くじ）からです。

gi.n.ko.o wa ku.ji ka.ra de.su

銀行從九點開始。

駅（えき）まで歩（ある）いてどのぐらいですか。

e.ki ma.de a.ru.i.te do.no gu.ra.i de.su ka

到車站，用走的大約要多久呢？

ここへ来（き）てください。

ko.ko e ki.te ku.da.sa.i

請來這邊。

車（くるま）で遊（あそ）びに行（い）きます。

ku.ru.ma de a.so.bi ni i.ki.ma.su

開車去玩。

家から一番近い公園はあそこです。

u.chi ka.ra i.chi.ba.n chi.ka.i ko.o.e.n wa a.so.ko de.su

離家裡最近的公園是那邊。

交差点を渡ります。

ko.o.sa.te.n o wa.ta.ri.ma.su

過十字路口。

姉は午後、銀行へ行きました。

a.ne wa go.go gi.n.ko.o e i.ki.ma.shi.ta

姊姊下午去了銀行。

その頃、日本にいました。

so.no ko.ro ni.ho.n ni i.ma.shi.ta

那個時候，人在日本。

今月、新婚旅行に行きます。

ko.n.ge.tsu shi.n.ko.n ryo.ko.o ni i.ki.ma.su

這個月，要去蜜月旅行。

この先(さき)にスーパーがあります。

ko.no sa.ki ni su.u.pa.a ga a.ri.ma.su

前方有超市。

車(くるま)で3時間(さんじかん)かかりました。

ku.ru.ma de sa.n.ji.ka.n ka.ka.ri.ma.shi.ta

開車花了三個小時。

自転車(じてんしゃ)でスーパーへ行(い)きます。

ji.te.n.sha de su.u.pa.a e i.ki.ma.su

騎腳踏車去超市。

この辺(へん)は自動車(じどうしゃ)が多(おお)いです。

ko.no he.n wa ji.do.o.sha ga o.o.i de.su

這附近汽車很多。

銀行(ぎんこう)は公園(こうえん)のそばにあります。

gi.n.ko.o wa ko.o.e.n no so.ba ni a.ri.ma.su

銀行在公園的旁邊。

自転車(じてんしゃ)が1台(いちだい)あります。

ji.te.n.sha ga i.chi.da.i a.ri.ma.su

有一台腳踏車。

さっき彼(かれ)に手紙(てがみ)を出(だ)しました。

sa.k.ki ka.re ni te.ga.mi o da.shi.ma.shi.ta

剛才寄信給男朋友了。

彼女(かのじょ)から手紙(てがみ)をもらいました。

ka.no.jo ka.ra te.ga.mi o mo.ra.i.ma.shi.ta

從女朋友那裡收到信了。

地下鉄(ちかてつ)は便利(べんり)です。

chi.ka.te.tsu wa be.n.ri de.su

地下鐵很方便。

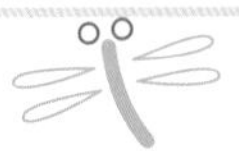

地図(ちず)を見(み)るのが好(す)きです。

chi.zu o mi.ru no ga su.ki de.su

喜歡看地圖。

老師教你說 52 MP3

41 次(つぎ)の電車(でんしゃ)に乗(の)りましょう。
tsu.gi no de.n.sha ni no.ri.ma.sho.o
搭下一班電車吧！

42 会社(かいしゃ)に着(つ)きました。
ka.i.sha ni tsu.ki.ma.shi.ta
到公司了。

43 電車(でんしゃ)で会社(かいしゃ)へ行(い)きます。
de.n.sha de ka.i.sha e i.ki.ma.su
搭電車上班。

44 トイレはどこですか。
to.i.re wa do.ko de.su ka
廁所在哪裡呢？

45 切符(きっぷ)をなくしてしまいました。
ki.p.pu o na.ku.shi.te shi.ma.i.ma.shi.ta
把票弄丟了。

46 姉(あね)はバスに乗(の)って学校(がっこう)へ行(い)きます。

a.ne wa ba.su ni no.t.te ga.k.ko.o e i.ki.ma.su

姊姊搭公車去學校。

47 橋(はし)を渡(わた)ります。

ha.shi o wa.ta.ri.ma.su

過橋。

48 バスのほうが安(やす)いです。

ba.su no ho.o ga ya.su.i de.su

搭公車比較便宜。

49 タイまでは飛行機(ひこうき)で8時間(はちじかん)かかります。

ta.i ma.de wa hi.ko.o.ki de ha.chi.ji.ka.n ka.ka.ri.ma.su

到泰國，搭飛機需要八個小時。

50 3番線(さんばんせん)の電車(でんしゃ)に乗(の)ります。

sa.n.ba.n.se.n no de.n.sha ni no.ri.ma.su

搭三號線的電車。

飛行機（ひこうき）は速（はや）いです。

hi.ko.o.ki wa ha.ya.i de.su

飛機速度很快。

警察（けいさつ）は左（ひだり）へ曲（ま）がりました。

ke.e.sa.tsu wa hi.da.ri e ma.ga.ri.ma.shi.ta

警察左轉了。

ホテルまでは歩（ある）いて10分（じゅっぷん）です。

ho.te.ru ma.de wa a.ru.i.te ju.p.pu.n de.su

到飯店走路十分鐘。

切手（きって）を2枚（にまい）ください。

ki.t.te o ni.ma.i ku.da.sa.i

請給我二張郵票。

あの角（かど）を右（みぎ）に曲（ま）がってください。

a.no ka.do o mi.gi ni ma.ga.t.te ku.da.sa.i

請在那個轉角右轉。

56 道(みち)を教(おし)えます。

mi.chi o o.shi.e.ma.su

指引道路。

57 南(みなみ)に行(い)きましょう。

mi.na.mi ni i.ki.ma.sho.o

朝南走吧！

58 これから病院(びょういん)に行(い)かなければなりません。

ko.re.ka.ra byo.o.i.n ni i.ka.na.ke.re.ba na.ri.ma.se.n

接下來非去醫院不可。

59 父(ちち)は明日(あした)、病院(びょういん)で検査(けんさ)をする予定(よてい)です。

chi.chi wa a.shi.ta byo.o.i.n de ke.n.sa o su.ru yo.te.e de.su

父親預定明天在醫院做檢查。

60 階段(かいだん)を上(あ)がります。

ka.i.da.n o a.ga.ri.ma.su

爬上階梯。

お待たせしました。

o ma.ta.se shi.ma.shi.ta

讓您久等了。

こちらへどうぞ。

ko.chi.ra e do.o.zo

請往這邊。

アメリカまで飛行機で10時間以上かかります。

a.me.ri.ka ma.de hi.ko.o.ki de ju.u.ji.ka.n i.jo.o ka.ka.ri.ma.su

搭飛機到美國，需要十個小時以上。

道を案内してください。

mi.chi o a.n.na.i.shi.te ku.da.sa.i

請帶路。

いってきます。

i.t.te ki.ma.su

我走了。

いってらっしゃい。

i.t.te ra.s.sha.i

慢走。

1時間以内に戻ります。

i.chi.ji.ka.n i.na.i ni mo.do.ri.ma.su

一個小時以內回來。

父はバスの運転手です。

chi.chi wa ba.su no u.n.te.n.shu de.su

父親是公車的駕駛。

自動車を運転します。

ji.do.o.sha o u.n.te.n.shi.ma.su

開汽車。

エスカレーターで5階に行きます。

e.su.ka.re.e.ta.a de go.ka.i ni i.ki.ma.su

搭電扶梯到五樓去。

台湾(たいわん)ではバイクに乗(の)る人(ひと)が多(おお)いです。

ta.i.wa.n de wa ba.i.ku ni no.ru hi.to ga o.o.i de.su

在台灣，騎摩托車的人很多。

ただいま。

ta.da.i.ma

我回來了。

おかえりなさい。

o.ka.e.ri.na.sa.i

回來了啊！

電車(でんしゃ)が2時間(にじかん)も遅(おく)れました。

de.n.sha ga ni.ji.ka.n mo o.ku.re.ma.shi.ta

電車晚了有二個小時。

事故(じこ)を起(お)こしました。

ji.ko o o.ko.shi.ma.shi.ta

發生了意外。

遠くから救急車の音が聞こえます。

to.o.ku ka.ra kyu.u.kyu.u.sha no o.to ga ki.ko.e.ma.su

從遠方可以聽到救護車的聲音。

2階から降ります。

ni.ka.i ka.ra o.ri.ma.su

從二樓下來。

会議室は右側です。

ka.i.gi.shi.tsu wa mi.gi.ga.wa de.su

會議室是在右邊。

面接の会場はどちらでしょうか。

me.n.se.tsu no ka.i.jo.o wa do.chi.ra de.sho.o ka

請問面試的會場在哪裡呢？

位置を変えます。

i.chi o ka.e.ma.su

換位置。

老師教你說 54 MP3

81 車はガソリンがないと走れません。

ku.ru.ma wa ga.so.ri.n ga na.i to ha.shi.re.ma.se.n

車子沒汽油就不能跑。

82 近くにガソリンスタンドがありますか。

chi.ka.ku ni ga.so.ri.n.su.ta.n.do ga a.ri.ma.su ka

附近有加油站嗎？

83 私は学校にバスで通います。

wa.ta.shi wa ga.k.ko.o ni ba.su de ka.yo.i.ma.su

我搭巴士通學。

84 これは台中へ通う道です。

ko.re wa ta.i.chu.u e ka.yo.u mi.chi de.su

這是通往台中的道路。

85 これを機会に車を買いましょう。

ko.re o ki.ka.i ni ku.ru.ma o ka.i.ma.sho.o

藉著這個機會買車吧！

86

次(つぎ)の汽車(きしゃ)に乗(の)りましょう。

tsu.gi no ki.sha ni no.ri.ma.sho.o

搭下一班火車吧！

87

君(きみ)も一緒(いっしょ)に来(き)てくれ！

ki.mi mo i.s.sho ni ki.te ku.re

你也一起來！

88

急行(きゅうこう)なら３０分(さんじゅっぷん)で着(つ)きます。

kyu.u.ko.o na.ra sa.n.ju.p.pu.n de tsu.ki.ma.su

快車的話，三十分鐘就到。

空港(くうこう)まで迎(むか)えに行(い)きましょう。

ku.u.ko.o ma.de mu.ka.e ni i.ki.ma.sho.o

去機場迎接吧！

これを工場(こうじょう)に送(おく)ってください。

ko.re o ko.o.jo.o ni o.ku.t.te ku.da.sa.i

請將這個送到工廠。

田舎(いなか)は交通(こうつう)が不便(ふべん)です。
i.na.ka wa ko.o.tsu.u ga fu.be.n de.su
鄉下的交通不方便。

車(くるま)が故障(こしょう)しました。
ku.ru.ma ga ko.sho.o.shi.ma.shi.ta
車子故障了。

これから出(で)かけるところです。
ko.re.ka.ra de.ka.ke.ru to.ko.ro de.su
現在正要出門。

坂(さか)を登(のぼ)ります。
sa.ka o no.bo.ri.ma.su
爬坡。

電車(でんしゃ)ができて、この辺(へん)は盛(さか)んになりました。
de.n.sha ga de.ki.te ko.no he.n wa sa.ka.n ni na.ri.ma.shi.ta
有了電車，這附近繁榮了起來。

96 **道(みち)の真(ま)ん中(なか)に邪魔(じゃま)な物(もの)を置(お)かないでください。**

mi.chi no ma.n.na.ka ni ja.ma.na mo.no o o.ka.na.i.de ku.da.sa.i

路的正中央，請別放擋路的東西。

97 **明日(あした)、東京(とうきょう)へ出発(しゅっぱつ)します。**

a.shi.ta to.o.kyo.o e shu.p.pa.tsu.shi.ma.su

明日，出發到東京。

98 **今日(きょう)はたくさん歩(ある)きました。**

kyo.o wa ta.ku.sa.n a.ru.ki.ma.shi.ta

今天走很多路。

99 **道(みち)が滑(すべ)るから注意(ちゅうい)しなさい。**

mi.chi ga su.be.ru ka.ra chu.u.i.shi.na.sa.i

因為路滑，要小心！

100 **あの自動車(じどうしゃ)はドイツ製(せい)です。**

a.no ji.do.o.sha wa do.i.tsu se.e de.su

那台車是德國製。

這樣說 101

この自転車は台湾製です。
ko.no ji.te.n.sha wa ta.i.wa.n se.e de.su
這台腳踏車是台灣製。

這樣說 102

電車で行きますか、それともバスで行きますか。
de.n.sha de i.ki.ma.su ka so.re.to.mo ba.su de i.ki.ma.su ka
是搭電車去呢？還是搭公車去呢？

最初に入ったのは誰ですか。
sa.i.sho ni ha.i.t.ta no wa da.re de.su ka
最先進去的是誰呢？

駅の方向を訪ねます。
e.ki no ho.o.ko.o o ta.zu.ne.ma.su
詢問車站的方向。

陳さんは席を立ちました。
chi.n sa.n wa se.ki o ta.chi.ma.shi.ta
陳同學離開座位了。

夜道(よみち)は注意(ちゅうい)して歩(ある)きなさい。

yo.mi.chi wa chu.u.i.shi.te a.ru.ki.na.sa.i

走夜路要小心！

デパートの駐車場(ちゅうしゃじょう)は広(ひろ)いです。

de.pa.a.to no chu.u.sha.jo.o wa hi.ro.i de.su

百貨公司的停車場很寬廣。

子供(こども)を連(つ)れていきます。

ko.do.mo o tsu.re.te i.ki.ma.su

帶著小孩前往。

できるだけ急(いそ)いでください。

de.ki.ru.da.ke i.so.i.de ku.da.sa.i

請盡可能快一些。

とうとう彼(かれ)は来(き)ませんでした。

to.o.to.o ka.re wa ki.ma.se.n.de.shi.ta

到頭來他還是沒來。

通(とお)りで事故(じこ)がありました。

to.o.ri de ji.ko ga a.ri.ma.shi.ta

馬路上有車禍。

山道(やまみち)を通(とお)ります。

ya.ma.mi.chi o to.o.ri.ma.su

通過山路。

途中(とちゅう)で雨(あめ)が降(ふ)ってきました。

to.chu.u de a.me ga fu.t.te ki.ma.shi.ta

在途中，下起雨來了。

足(あし)を止(と)めます。

a.shi o to.me.ma.su

停下腳步。

特急(とっきゅう)はこの駅(えき)に止(と)まりません。

to.k.kyu.u wa ko.no e.ki ni to.ma.ri.ma.se.n

特快車不停這個車站。

しなもの　ごじまえ　とど
品物を5時前に届けてください。
shi.na.mo.no o go.ji ma.e ni to.do.ke.te ku.da.sa.i
請在五點以前，將東西送抵。

でんしゃ　お　の　か
電車を降りてから、バスに乗り換えます。
de.n.sha o o.ri.te ka.ra ba.su ni no.ri.ka.e.ma.su
下了電車之後，轉乘公車。

の　もの　いちばん　す
どんな乗り物が一番好きですか。
do.n.na no.ri.mo.no ga i.chi.ba.n su.ki de.su ka
最喜歡什麼樣的交通工具呢？

じどうしゃ　ひじょう　たか
この自動車は非常に高いです。
ko.no ji.do.o.sha wa hi.jo.o.ni ta.ka.i de.su
這台汽車非常貴。

でんしゃ　まい
まもなく電車が参ります。
ma.mo.na.ku de.n.sha ga ma.i.ri.ma.su
不久電車就要進站了。

121 道を間違えました。
mi.chi o ma.chi.ga.e.ma.shi.ta
弄錯路了。

122 最終電車に間に合いました。
sa.i.shu.u de.n.sha ni ma.ni.a.i.ma.shi.ta
趕上末班電車了。

123 地球は太陽の周りを回っています。
chi.kyu.u wa ta.i.yo.o no ma.wa.ri o ma.wa.t.te i.ma.su
地球繞著太陽的周圍轉著。

124 港に大きな船が泊まっています。
mi.na.to ni o.o.ki.na fu.ne ga to.ma.t.te i.ma.su
港口停著大船。

125 船が揺れています。
fu.ne ga yu.re.te i.ma.su
船搖晃著。

126 少(すこ)し右(みぎ)に寄(よ)ってください。

su.ko.shi mi.gi ni yo.t.te ku.da.sa.i

請稍微靠右邊。

127 今(いま)、9時(くじ)15分(じゅうごふん)です。

i.ma ku.ji ju.u.go.fu.n de.su

現在，是九點十五分。

着(つ)いたら、電話(でんわ)してください。

tsu.i.ta.ra de.n.wa.shi.te ku.da.sa.i

到了的話，請打電話給我。

地図(ちず)は１枚(いちまい)２００円(にひゃくえん)です。

chi.zu wa i.chi.ma.i ni.hya.ku.e.n de.su

地圖一張二百日圓。

お巡(まわ)りさんに道(みち)を案内(あんない)してもらいました。

o.ma.wa.ri.sa.n ni mi.chi o a.n.na.i.shi.te mo.ra.i.ma.shi.ta

警察幫忙指引了路。

131 旅行の切符を買っておきます。

ryo.ko.o no ki.p.pu o ka.t.te o.ki.ma.su

預先買好旅行的車票。

132 海外旅行の荷物を準備しておきます。

ka.i.ga.i ryo.ko.o no ni.mo.tsu o ju.n.bi.shi.te o.ki.ma.su

預先準備好了國外旅遊的行李。

133 観光スポットをインターネットで調べておきました。

ka.n.ko.o su.po.t.to o i.n.ta.a.ne.t.to de shi.ra.be.te o.ki.ma.shi.ta

預先用網路調查了觀光景點。

134 ここで彼を待っています。

ko.ko de ka.re o ma.t.te i.ma.su

在這裡等著他。

135 走ってはいけません。

ha.shi.t.te wa i.ke.ma.se.n

不可以跑步。

ここに入（はい）ってはいけません。

ko.ko ni ha.i.t.te wa i.ke.ma.se.n

不可以進來這裡。

一緒（いっしょ）に散歩（さんぽ）してもいいですか。

i.s.sho.o ni sa.n.po.shi.te mo i.i de.su ka

可以一起散步嗎？

合格できますように。

go.o.ka.ku de.ki.ma.su yo.o.ni

祈求可以考上。

Chapter 5

→ 育

老師教你說 57 MP3

空(そら)の色(いろ)は青(あお)です。

so.ra no i.ro wa a.o de.su

天空的顏色是藍色。

空(そら)は青(あお)いです。

so.ra wa a.o.i de.su

天空是藍的。

3

秋(あき)は涼(すず)しいです。

a.ki wa su.zu.shi.i de.su

秋天很涼爽。

人間(にんげん)は足(あし)が2本(にほん)あります。

ni.n.ge.n wa a.shi ga ni.ho.n a.ri.ma.su

人類有二隻腳。

明日(あした)はテストの日(ひ)です。

a.shi.ta wa te.su.to no hi de.su

明天是考試的日子。

6

今年(ことし)の冬(ふゆ)は暖(あたた)かいです。

ko.to.shi no fu.yu wa a.ta.ta.ka.i de.su

今年的冬天很溫暖。

7

頭(あたま)がいいです。

a.ta.ma ga i.i de.su

腦筋好。

8

辞書(じしょ)は厚(あつ)いです。

ji.sho wa a.tsu.i de.su

字典很厚。

9

夏(なつ)はとても熱(あつ)いです。

na.tsu wa to.te.mo a.tsu.i de.su

夏季非常炎熱。

10

授業(じゅぎょう)の後(あと)、テストがあります。

ju.gyo.o no a.to te.su.tu ga a.ri.ma.su

上課之後，有考試。

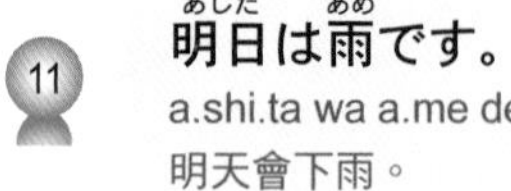

11 明日（あした）は雨（あめ）です。

a.shi.ta wa a.me de.su

明天會下雨。

12 いい大学（だいがく）に入（はい）りたいです。

i.i da.i.ga.ku ni ha.i.ri.ta.i de.su

想進好的大學。

13 あなたは先生（せんせい）ですか。

a.na.ta wa se.n.se.e de.su ka

你是老師嗎？

14 いいえ、学生（がくせい）です。

i.i.e ga.ku.se.e de.su

不是，是學生。

15 お世話（せわ）になりました。

o se.wa ni na.ri.ma.shi.ta

承蒙您照顧了。

どういたしまして。

do.o i.ta.shi.ma.shi.te

不客氣。

毎日(まいにち)とても忙(いそが)しいです。

ma.i.ni.chi to.te.mo i.so.ga.shi.i de.su

每天非常忙碌。

1(いち)から10(じゅう)まで数(かぞ)えてください。

i.chi ka.ra ju.u ma.de ka.zo.e.te ku.da.sa.i

請從一數到十。

質問(しつもん)に答(こた)えなさい。

shi.tsu.mo.n ni ko.ta.e.na.sa.i

回答問題！

医者(いしゃ)になりたいです。

i.sha ni na.ri.ta.i de.su

想要成為醫生。

一体(いったい)どうなりましたか。

i.t.ta.i do.o na.ri.ma.shi.ta ka

到底變怎麼樣了呢？

意味(いみ)がありません。

i.mi ga a.ri.ma.se.n

沒有意義。

教室(きょうしつ)にいます。

kyo.o.shi.tsu ni i.ma.su

在教室裡。

どの色(いろ)が好(す)きですか。

do.no i.ro ga su.ki de.su ka

喜歡哪個顏色呢？

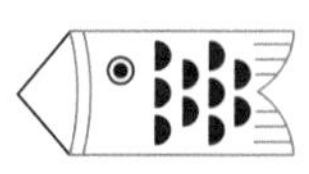

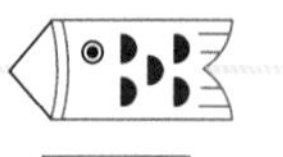

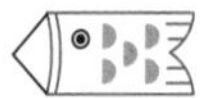

ノートは薄(うす)いです。

no.o.to wa u.su.i de.su

筆記本很薄。

歌(うた)を歌(うた)います。

u.ta o u.ta.i.ma.su

唱歌。

海(うみ)は広(ひろ)いです。

u.mi wa hi.ro.i de.su

海洋很寬廣。

絵(え)を描(か)きます。

e o ka.ki.ma.su

畫畫。

英語(えいご)が下手(へた)です。

e.e.go ga he.ta de.su

不擅長英語。

これは鉛筆(えんぴつ)です。

ko.re wa e.n.pi.tsu de.su

這是鉛筆。

がくせい　おおぜい
学生が大勢います。

ga.ku.se.e ga o.o.ze.e i.ma.su

學生很多。

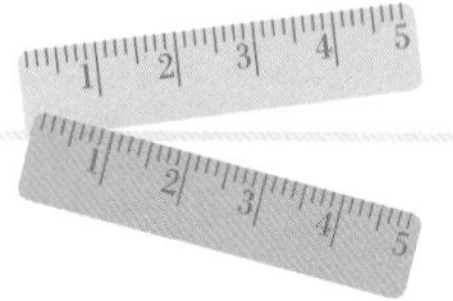

がくせい　おし
学生に教えます。

ga.ku.se.e ni o.shi.e.ma.su

教導學生。

ひらがな　おぼ
平仮名を覚えます。

hi.ra.ga.na o o.bo.e.ma.su

記住平假名。

にほんご　じゅぎょう　おもしろ
日本語の授業は面白いです。

ni.ho.n.go no ju.gyo.o wa o.mo.shi.ro.i de.su

日文課很有趣。

わたし　がくせい
私は学生です。

wa.ta.shi wa ga.ku.se.e de.su

我是學生。

なつやす　に　げつ
夏休みは2か月です。

na.tsu.ya.su.mi wa ni.ka.ge.tsu de.su

暑假是二個月。

えんぴつ　か
鉛筆を貸しました。

e.n.pi.tsu o ka.shi.ma.shi.ta

借出了鉛筆（借人家鉛筆）。

かたかな　か
片仮名が書けません。

ka.ta.ka.na ga ka.ke.ma.se.n

不會寫片假名。

Ch5 育

がっこう　い
学校へ行きます。

ga.k.ko.o e i.ki.ma.su

去學校。

ほん　か
本を借りました。

ho.n o ka.ri.ma.shi.ta

借了書。

老師教你說 59 MP3

41 漢字(かんじ)が読(よ)めます。
ka.n.ji ga yo.me.ma.su
會唸漢字。

42 先生(せんせい)に聞(き)きましょう。
se.n.se.e ni ki.ki.ma.sho.o
問老師吧！

43 教室(きょうしつ)は2階(にかい)です。
kyo.o.shi.tsu wa ni.ka.i de.su
教室在二樓。

44 空(そら)が曇(くも)っています。
so.ra ga ku.mo.t.te i.ma.su
天空陰陰的。

45 クラスの授業(じゅぎょう)は5時(ごじ)までです。
ku.ra.su no ju.gyo.o wa go.ji ma.de de.su
班上的課到五點為止。

46

髪(かみ)の毛(け)は黒(くろ)いです。

ka.mi no ke wa ku.ro.i de.su

頭髮是黑的。

47

コピーをとってください。

ko.pi.i o to.t.te ku.da.sa.i

請影印。

48

これをコピーしてください

ko.re o ko.pi.i.shi.te ku.da.sa.i

請影印這個。

49

もう2度(にど)としません。

mo.o ni.do to shi.ma.se.n

不會再有第二次了。

50

これはペンです。

ko.re wa pe.n de.su

這是筆。

今週（こんしゅう）、テストがあります。

ko.n.shu.u te.su.to ga a.ri.ma.su

這星期，有考試。

今晩（こんばん）一緒（いっしょ）に勉強（べんきょう）しませんか。

ko.n.ba.n i.s.sho ni be.n.kyo.o.shi.ma.se.n ka

今天晚上不一起唸書嗎？

私（わたし）にもよく分（わ）かりません。

wa.ta.shi ni mo yo.ku wa.ka.ri.ma.se.n

我也不太清楚。

魚（さかな）が海（うみ）を泳（およ）ぎます。

sa.ka.na ga u.mi o o.yo.gi.ma.su

魚在海中游。

作文（さくぶん）を書（か）きます。

sa.ku.bu.n o ka.ki.ma.su

寫作文。

ほん　よんさつ か
56 本を 4 冊借りました。
ho.n o yo.n.sa.tsu ka.ri.ma.shi.ta
借了四本書。

なん　じしょ
57 それは何の辞書ですか。
so.re wa na.n no ji.sho de.su ka
那是什麼辭典呢？

にじ　なないろ
58 虹は 7 色ですか。
ni.ji wa na.na.sho.ku de.su ka
彩虹是七種顏色嗎？

しつもん
59 質問がありますか。
shi.tsu.mo.n ga a.ri.ma.su ka
有要提問的嗎？

じしょ　ひ
60 辞書を引きます。
ji.sho o hi.ki.ma.su
查字典。

自分(じぶん)でします。

ji.bu.n de shi.ma.su

自己做。

じゃ、終(お)わりにしましょう。

ja o.wa.ri ni shi.ma.sho.o

那麼，結束吧！

授業(じゅぎょう)は何時(なんじ)からですか。

ju.gyo.o wa na.n.ji ka.ra de.su ka

課幾點開始呢？

友達(ともだち)の大切(たいせつ)さを知(し)りました。

to.mo.da.chi no ta.i.se.tsu.sa o shi.ri.ma.shi.ta

知道了朋友的重要性。

雪(ゆき)の色(いろ)は白(しろ)です。

yu.ki no i.ro wa shi.ro de.su

雪的顏色是白色。

雪(ゆき)は白(しろ)いです。

yu.ki wa shi.ro.i de.su

雪是白的。

水曜日(すいようび)に日本語(にほんご)を勉強(べんきょう)します。

su.i.yo.o.bi ni ni.ho.n.go o be.n.kyo.o.shi.ma.su

星期三學習日文。

1人(ひとり)1(ひと)つずつ取(と)ってください。

hi.to.ri hi.to.tsu zu.tsu to.t.te ku.da.sa.i

請一個人各拿一個。

スポーツをします。

su.po.o.tsu o shi.ma.su

做運動。

宿題(しゅくだい)をします。

shu.ku.da.i o shi.ma.su

做作業。

この学校(がっこう)の生徒(せいと)は素晴(すば)らしいです。

ko.no ga.k.ko.o no se.e.to wa su.ba.ra.shi.i de.su

這間學校的學生很優秀。

0(ゼロ)から10(じゅう)まで数(かぞ)えます。

ze.ro ka.ra ju.u ma.de ka.zo.e.ma.su

從零數到十。

田中(たなか)さんは先生(せんせい)です。

ta.na.ka sa.n wa se.n.se.e de.su

田中先生是老師。

大学(だいがく)を卒業(そつぎょう)しました。

da.i.ga.ku o so.tsu.gyo.o.shi.ma.shi.ta

大學畢業了。

明日(あした)、大切(たいせつ)な会議(かいぎ)があります。

a.shi.ta ta.i.se.tsu.na ka.i.gi ga a.ri.ma.su

明天，有重要的會議。

ふじさん　たか
富士山はとても高いです。

fu.ji.sa.n wa to.te.mo ta.ka.i de.su

富士山非常高。

まいにち　しゅくだい
毎日、宿題がたくさんあります。

ma.i.ni.chi shu.ku.da.i ga ta.ku.sa.n a.ri.ma.su

每天，有很多作業。

がくせいたち　としょかん　べんきょう
学生達は図書館で勉強します。

ga.ku.se.e.ta.chi wa to.sho.ka.n de be.n.kyo.o.shi.ma.su

學生們在圖書館唸書。

つくえ　たて　なら
机を縦に並べます。

tsu.ku.e o ta.te ni na.ra.be.ma.su

把桌子排成直的。

こども　せわ　たの
子供の世話を頼みます。

ko.do.mo no se.wa o ta.no.mi.ma.su

拜託照顧小孩。

老師教你說 61 MP3

81 日本(にほん)は近(ちか)いです。
ni.ho.n wa chi.ka.i de.su
日本很近。

82 フランスは遠(とお)いです。
fu.ra.n.su wa to.o.i de.su
法國很遠。

83 意味(いみ)が違(ちが)います。
i.mi ga chi.ga.i.ma.su
意思不對。

84 今(いま)、勉強中(べんきょうちゅう)です。
i.ma be.n.kyo.o.chu.u de.su
現在，正在唸書。

85 1月1日(いちがつついたち)は年(とし)の始(はじ)めです。
i.chi.ga.tsu tsu.i.ta.chi wa to.shi no ha.ji.me de.su
一月一日是一年的開始。

86

あね　にほんご
姉は日本語ができます。
a.ne wa ni.ho.o.go ga de.ki.ma.su
我姊姊會日文。

87

きら
テストが嫌いです。
te.su.to ga ki.ra.i de.su
討厭考試。

べんきょう
勉強したくないです。
be.n.kyo.o.shi.ta.ku.na.i de.su
不想唸書。

いちど　か
もう１度書きなさい。
mo.o i.chi.do ka.ki.na.sa.i
再寫一次！

きょうしつ
教室はどこですか。
kyo.o.shi.tsu wa do.ko de.su ka
教室在哪裡呢？

91 テストはとても難しかったです。
te.su.to wa to.te.mo mu.zu.ka.shi.ka.t.ta de.su
考試非常困難。

92 どの鞄が先生のですか。
do.no ka.ba.n ga se.n.se.e no de.su ka
哪一個包包是老師的呢？

93 勉強しながら、音楽を聴きます。
be.n.kyo.o.shi.na.ga.ra o.n.ga.ku o ki.ki.ma.su
一邊唸書、一邊聽音樂。

94 どうして学校を休みましたか。
do.o.shi.te ga.k.ko.o o ya.su.mi.ma.shi.ta ka
為什麼跟學校請假呢？

95 夏休みは長いです。
na.tsu.ya.su.mi wa na.ga.i de.su
暑假很長。

96 名前(なまえ)を書(か)きなさい。

na.ma.e o ka.ki.na.sa.i

寫上名字！

97 日本語(にほんご)を習(なら)います。

ni.ho.n.go o na.ra.i.ma.su

學習日文。

98 本(ほん)を並(なら)べます。

ho.n o na.ra.be.ma.su

排放書本。

99 ノートに書(か)いてください。

no.o.to ni ka.i.te ku.da.sa.i

請寫在筆記本上。

100 授業(じゅぎょう)が始(はじ)まりました。

ju.gyo.o ga ha.ji.ma.ri.ma.shi.ta

開始上課了。

始(はじ)めからやりましょう。

ha.ji.me ka.ra ya.ri.ma.sho.o

從頭開始吧！

英語(えいご)で話(はな)してください。

e.e.go de ha.na.shi.te ku.da.sa.i

請用英語說。

昼休(ひるやす)みは１2時半(じゅうにじはん)からです。

hi.ru.ya.su.mi wa ju.u.ni.ji ha.n ka.ra de.su

午休從十二點半開始。

太陽(たいよう)は東(ひがし)から昇(のぼ)ります。

ta.i.yo.o wa hi.ga.shi ka.ra no.bo.ri.ma.su

太陽從東方升起。

あの人(ひと)は先生(せんせい)です。

a.no hi.to wa se.n.se.e de.su

那個人是老師。

1人(ひとり)で図書館(としょかん)へ行(い)きます。

hi.to.ri de to.sho.ka.n e i.ki.ma.su

一個人去圖書館。

今日(きょう)は平仮名(ひらがな)を習(なら)います。

kyo.o wa hi.ra.ga.na o na.ra.i.ma.su

今天學習平假名。

象(ぞう)の足(あし)は太(ふと)いです。

zo.o no a.shi wa fu.to.i de.su

大象的腳很粗。

文章(ぶんしょう)の意味(いみ)が分(わ)かりません。

bu.n.sho.o no i.mi ga wa.ka.ri.ma.se.n

不懂文章的意思。

下手(へた)な字(じ)で読(よ)めません。

he.ta.na ji de yo.me.ma.se.n

字很醜，所以看不懂。

私(わたし)は勉強(べんきょう)が苦手(にがて)です。

wa.ta.shi wa be.n.kyo.o ga ni.ga.te de.su

我不太會唸書。

英語(えいご)のほうが上手(じょうず)です。

e.e.go no ho.o ga jo.o.zu de.su

英文比較厲害。

ポストは赤(あか)いです。

po.su.to wa a.ka.i de.su

郵筒是紅色的。

鳥(とり)の足(あし)は細(ほそ)いです。

to.ri no a.shi wa ho.so.i de.su

鳥的腳很細。

辞書(じしょ)は本棚(ほんだな)の2段目(にだんめ)にあります。

ji.sho wa ho.n.da.na no ni.da.n.me ni a.ri.ma.su

字典在書架的第二層。

線(せん)をまっすぐに引(ひ)きなさい。

se.n o ma.s.su.gu ni hi.ki.na.sa.i

筆直地畫線！

まっすぐ家(いえ)に帰(かえ)りなさい。

ma.s.su.gu i.e ni ka.e.ri.na.sa.i

直接回家！

ボールは丸(まる)いです。

bo.o.ru wa ma.ru.i de.su

球是圓的。

右(みぎ)の手(て)を上(あ)げてください。

mi.gi no te o a.ge.te ku.da.sa.i

請舉起右手。

みなさん、こちらへどうぞ。

mi.na.sa.n ko.chi.ra e do.o.zo

各位，請到這裡來。

121 英語（えいご）は難（むずか）しいです。
e.e.go wa mu.zu.ka.shi.i de.su
英文很難。

122 目（め）を大事（だいじ）にしなさい。
me o da.i.ji ni shi.na.sa.i
要好好愛惜眼睛！

123 学校（がっこう）までは200（にひゃく）メートルです。
ga.k.ko.o ma.de wa ni.hyu.ku.me.e.to.ru de.su
到學校為止是二百公尺。

124 問題（もんだい）を出（だ）します。
mo.n.da.i o da.shi.ma.su
提出問題。

125 いつもこの本屋（ほんや）で本（ほん）を買（か）います。
i.tsu.mo ko.no ho.n.ya de ho.n o ka.i.ma.su
總是在這家書店買書。

その問題(もんだい)は易(やさ)しいです。

so.no mo.n.da.i wa ya.sa.shi.i de.su

那個問題很簡單。

昼休(ひるやす)みは1時間(いちじかん)です。

hi.ru.ya.su.mi wa i.chi.ji.ka.n de.su

午休是一個小時。

日曜日(にちようび)は休(やす)みです。

ni.chi.yo.o.bi wa ya.su.mi de.su

星期天休息。

ちょっと休(やす)みましょう。

cho.t.to ya.su.mi.ma.sho.o

稍微休息一下吧！

学校(がっこう)を休(やす)みました。

ga.k.ko.o o ya.su.mi.ma.shi.ta

請假沒上學。

これは私（わたし）がやります。

ko.re wa wa.ta.shi ga ya.ri.ma.su

這個我來做。

夕方（ゆうがた）まで練習（れんしゅう）します。

yu.u.ga.ta ma.de re.n.shu.u.shi.ma.su

練習到傍晚。

ゆっくりと読（よ）みましょう。

yu.k.ku.ri to yo.mi.ma.sho.o

慢慢地閱讀吧！

よく図書館（としょかん）へ行（い）きます。

yo.ku to.sho.ka.n e i.ki.ma.su

經常上圖書館。

よくできました。

yo.ku de.ki.ma.shi.ta

做得很好。

夜(よる)の授業(じゅぎょう)は何時(なんじ)からですか。

yo.ru no ju.gyo.o wa na.n.ji ka.ra de.su ka

晚上的課是幾點開始呢？

鈴木(すずき)さんは留学生(りゅうがくせい)です。

su.zu.ki sa.n wa ryu.u.ga.ku.se.e de.su

鈴木同學是留學生。

答(こた)えは 9 4 00(きゅうせんよんひゃく)です。

ko.ta.e wa kyu.u.se.n.yo.n.hya.ku de.su

答案是九千四百。

ピアノの練習(れんしゅう)をします。

pi.a.no no re.n.shu.u o shi.ma.su

練習彈鋼琴。

学校(がっこう)の廊下(ろうか)は長(なが)いです。

ga.k.ko.o no ro.o.ka wa na.ga.i de.su

學校的走廊很長。

日本語(にほんご)の先生(せんせい)は若(わか)いです。

ni.ho.n.go no se.n.se.e wa wa.ka.i de.su

日文老師很年輕。

日本語(にほんご)が分(わ)かりますか。

ni.ho.n.go ga wa.ka.ri.ma.su ka

你懂日文嗎？

席(せき)を立(た)ってあいさつしました。

se.ki o ta.t.te a.i.sa.tsu.shi.ma.shi.ta

從位子上站起來打了招呼。

本(ほん)の間(あいだ)に写真(しゃしん)が挟(はさ)まれていました。

ho.n no a.i.da ni sha.shi.n ga ha.sa.ma.re.te i.ma.shi.ta

書本之間夾著照片。

社員(しゃいん)を会議室(かいぎしつ)に集(あつ)めます。

sha.i.n o ka.i.gi.shi.tsu ni a.tsu.me.ma.su

把員工集合在會議室。

アナウンサーの仕事（しごと）は大変（たいへん）です。

a.na.u.n.sa.a no shi.go.to wa ta.i.he.n de.su

播報員的工作很辛苦。

頭（あたま）を下（さ）げて謝（あやま）ります。

a.ta.ma o sa.ge.te a.ya.ma.ri.ma.su

低頭道歉。

今（いま）の医学（いがく）は進（すす）んでいます。

i.ma no i.ga.ku wa su.su.n.de i.ma.su

現在的醫學日新月異。

この本（ほん）はいくらですか。

ko.no ho.n wa i.ku.ra de.su ka

這本書多少錢呢？

ここに意見（いけん）を書（か）いてください。

ko.ko ni i.ke.n o ka.i.te ku.da.sa.i

請在這裡寫上意見。

先輩（せんぱい）にいじめられました。

se.n.pa.i ni i.ji.me.ra.re.ma.shi.ta

被學長欺負了。

急（いそ）がないと時間（じかん）に間（ま）に合（あ）いません。

i.so.ga.na.i to ji.ka.n ni ma.ni.a.i.ma.se.n

不快一點，會趕不上時間。

私（わたし）から話（はなし）をいたしましょう。

wa.ta.shi ka.ra ha.na.shi o i.ta.shi.ma.sho.o

由我開始說吧！

もう１度（いちど）説明（せつめい）してください。

mo.o i.chi.do se.tsu.me.e.shi.te ku.da.sa.i

請再說明一次。

試験（しけん）のために一生懸命（いっしょうけんめい）勉強（べんきょう）します。

shi.ke.n no ta.me ni i.s.sho.o.ke.n.me.e
be.n.kyo.o.shi.ma.su

為了考試拚命地唸書。

中山さんは会議室にいらっしゃいますか。

na.ka.ya.ma sa.n wa ka.i.gi.shi.tsu ni i.ra.s.sha.i.ma.su ka

中山先生在會議室裡嗎？

先生にご意見を伺います。

se.n.se.e ni go i.ke.n o u.ka.ga.i.ma.su

向老師請教意見。

受付で案内書をもらいます。

u.ke.tsu.ke de a.n.na.i.sho o mo.ra.i.ma.su

在櫃檯拿到導覽書。

嘘をついてはいけません。

u.so o tsu.i.te wa i.ke.ma.se.n

不可以說謊。

2つのうち1つ選んでください。

fu.ta.tsu no u.chi hi.to.tsu e.ra.n.de ku.da.sa.i

請從二個之中選一個。

ノートを写(うつ)します。
no.o.to o u.tsu.shi.ma.su
抄筆記。

彼(かれ)は腕(うで)のある人(ひと)です。
ka.re wa u.de no a.ru hi.to de.su
他是個有本事的人。

兄(あに)の腕(うで)は太(ふと)いです。
a.ni no u.de wa fu.to.i de.su
哥哥的胳臂很粗。

彼女(かのじょ)は日本語(にほんご)がうまいです。
ka.no.jo wa ni.ho.n.go ga u.ma.i de.su
她的日文很好。

裏(うら)に名前(なまえ)を書(か)いてください。
u.ra ni na.ma.e o ka.i.te ku.da.sa.i
請在背面寫上名字。

両親に褒められて嬉しかったです。
ryo.o.shi.n ni ho.me.ra.re.te u.re.shi.ka.t.ta de.su
被雙親誇獎，很高興。

痩せるために毎日運動します。
ya.se.ru ta.me ni ma.i.ni.chi u.n.do.o.shi.ma.su
為了瘦下來，每天運動。

店内ではタバコは遠慮してください。
te.n.na.i de wa ta.ba.ko wa e.n.ryo.shi.te ku.da.sa.i
店裡請勿吸菸。

今度の会議はおいでになりますか。
ko.n.do no ka.i.gi wa o.i.de ni na.ri.ma.su ka
您會出席這次會議嗎？

卒業のお祝いをしましょう。
so.tsu.gyo.o no o i.wa.i o shi.ma.sho.o
祝賀畢業吧！

彼(かれ)の格好(かっこう)はちょっとおかしいです。

ka.re no ka.k.ko.o wa cho.t.to o.ka.shi.i de.su

他的樣子有一點奇怪。

世界(せかい)の人口(じんこう)は何億(なんおく)ですか。

se.ka.i no ji.n.ko.o wa na.n.o.ku de.su ka

世界的人口有幾億呢？

お子(こ)さんは何人(なんにん)ですか。

o ko sa.n wa na.n.ni.n de.su ka

您有幾位小孩呢？

明日(あした)、6時(ろくじ)に起(お)こしてください。

a.shi.ta ro.ku.ji ni o.ko.shi.te ku.da.sa.i

明天，六點請叫我起床。

親(おや)に話(はな)したほうがいいです。

o.ya ni ha.na.shi.ta ho.o ga i.i de.su

跟父母親說會比較好。

しゅくだい　すこ　か　お
176 宿題はもう少しで書き終わります。
shu.ku.da.i wa mo.o su.ko.shi de ka.ki.o.wa.ri.ma.su
作業再一點點就寫完。

かれ　ゆうめい　おんがくか
177 彼は有名な音楽家です。
ka.re wa yu.u.me.e.na o.n.ga.ku.ka de.su
他是有名的音樂家。

まいしゅうすいようび　かいぎ
178 毎週水曜日に会議があります。
ma.i.shu.u su.i.yo.o.bi ni ka.i.gi ga a.ri.ma.su
每星期三有會議。

ふたり　かいわ　れんしゅう
179 2人で会話の練習をしましょう。
fu.ta.ri de ka.i.wa no re.n.shu.u o shi.ma.sho.o
二個人做會話練習吧！

かがく　すうがく　かんけい　ふか
180 科学と数学の関係は深いです。
ka.ga.ku to su.u.ga.ku no ka.n.ke.e wa fu.ka.i de.su
科學和數學的關係很深。

ほん　かた づ
本を片付けてください。

ho.n o ka.ta.zu.ke.te ku.da.sa.i

請整理書籍。

し あい　か
試合に勝ちました。

shi.a.i ni ka.chi.ma.shi.ta

贏了比賽。

やくそく　かなら　まも
約束は必ず守ります。

ya.ku.so.ku wa ka.na.ra.zu ma.mo.ri.ma.su

約定一定會遵守。

かのじょ　だいがくせい
彼女は大学生です。

ka.no.jo wa da.i.ga.ku.se.e de.su

她是大學生。

かれ　かいしゃいん
彼は会社員です。

ka.re wa ka.i.sha.i.n de.su

他是上班族。

私(わたし)の考(かんが)えに変(か)わりはありません。

wa.ta.shi no ka.n.ga.e ni ka.wa.ri wa a.ri.ma.se.n

我的想法沒有改變。

1人(ひとり)で考(かんが)えています。

hi.to.ri de ka.n.ga.e.te i.ma.su

一個人思考著。

これが一番簡単(いちばんかんたん)な方法(ほうほう)です。

ko.re ga i.chi.ba.n ka.n.ta.n.na ho.o.ho.o de.su

這是最簡單的方法。

あの子(こ)は外国語学部(がいこくごがくぶ)の学生(がくせい)です。

a.no ko wa ga.i.ko.ku.go ga.ku.bu no ga.ku.se.e de.su

那個孩子是外語學院的學生。

彼(かれ)は1人(ひとり)で頑張(がんば)っています。

ka.re wa hi.to.ri de ga.n.ba.t.te i.ma.su

他獨自努力著。

学校(がっこう)の規則(きそく)は守(まも)らなければいけません。

ga.k.ko.o no ki.so.ku wa ma.mo.ra.na.ke.re.ba i.ke.ma.se.n

學校的規則不遵守不行。

林(りん)さんはきっと合格(ごうかく)します。

ri.n sa.n wa ki.t.to go.o.ka.ku.shi.ma.su

林同學一定會合格。

父(ちち)は厳(きび)しい人(ひと)です。

chi.chi wa ki.bi.shi.i hi.to de.su

家父是嚴格的人。

祖父(そふ)は日本(にほん)の教育(きょういく)を受(う)けました。

so.fu wa ni.ho.n no kyo.o.i.ku o u.ke.ma.shi.ta

祖父受了日本的教育。

日曜日(にちようび)、教会(きょうかい)で会(あ)いましょう。

ni.chi.yo.o.bi kyo.o.ka.i de a.i.ma.sho.o

星期日，在教會見面吧！

日本(にほん)の文化(ぶんか)に興味(きょうみ)があります。

ni.ho.n no bu.n.ka ni kyo.o.mi ga a.ri.ma.su

對日本的文化有興趣。

これは先生(せんせい)がくださったプレゼントです。

ko.re wa se.n.se.e ga ku.da.sa.t.ta pu.re.ze.n.to de.su

這是老師給的禮物。

アメリカで経済(けいざい)を学(まな)びました。

a.me.ri.ka de ke.e.za.i o ma.na.bi.ma.shi.ta

在美國學習了經濟。

消(け)しゴムと鉛筆(えんぴつ)を机(つくえ)の上(うえ)に置(お)きなさい。

ke.shi.go.mu to e.n.pi.tsu o tsu.ku.e no u.e ni o.ki.na.sa.i

把橡皮擦和鉛筆放在桌上！

私(わたし)は成績(せいせき)が悪(わる)いです。

wa.ta.shi wa se.e.se.ki ga wa.ru.i de.su

我成績很差。

老師教你說 67 MP3

201 **研究室で話し合いましょう。**

ke.n.kyu.u.shi.tsu de ha.na.shi.a.i.ma.sho.o

在研究室談吧！

202 **大学で経済問題を研究しています。**

da.i.ga.ku de ke.e.za.i mo.n.da.i o ke.n.kyu.u.shi.te i.ma.su

在大學研究經濟問題。

203 **午後2時から講義があります。**

go.go ni.ji ka.ra ko.o.gi ga a.ri.ma.su

下午二點開始有課。

204 **この高校はとても有名です。**

ko.no ko.o.ko.o wa to.te.mo yu.u.me.e de.su

這所高中非常有名。

205 **息子は来年高校生になります。**

mu.su.ko wa ra.i.ne.n ko.o.ko.o.se.e ni na.ri.ma.su

兒子明年是高中生。

がっこう　こうちょう

おじはこの学校の校長です。
o.ji wa ko.no ga.k.ko.o no ko.o.cho.o de.su
我的伯父是這所學校的校長。

こうむいん　しけん　むずか
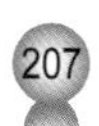

公務員の試験は難しいです。
ko.o.mu.i.n no shi.ke.n wa mu.zu.ka.shi.i de.su
公務員的考試很難。

しゅじん　えいご　せんせい

主人は英語の先生です。
shu.ji.n wa e.e.go no se.n.se.e de.su
我先生是英文老師。

Ch5 育

こた　わ

答えは分かりましたか。
ko.ta.e wa wa.ka.ri.ma.shi.ta ka
知道答案了嗎？

けん　ぞんじ

この件についてご存知ですか。
ko.no ke.n ni tsu.i.te go zo.n.ji de.su ka
關於這件事情，您知道嗎？

その件(けん)については承知(しょうち)しています。
so.no ke.n ni tsu.i.te wa sho.o.chi.shi.te i.ma.su
關於那件事情知道了。

この文章(ぶんしょう)はもうご覧(らん)になりましたか。
ko.no bu.n.sho.o wa mo.o go ra.n ni na.ri.ma.shi.ta ka
這篇文章，您已經看過了嗎？

今度(こんど)の試合(しあい)はいつですか。
ko.n.do no shi.a.i wa i.tsu de.su ka
這次的比賽是什麼時候呢？

彼(かれ)は素晴(すば)らしい技術(ぎじゅつ)を持(も)っています。
ka.re wa su.ba.ra.shi.i gi.ju.tsu o mo.t.te i.ma.su
他擁有精湛的技術。

最近(さいきん)、美術館(びじゅつかん)へ行(い)きました。
sa.i.ki.n bi.ju.tsu.ka.n e i.ki.ma.shi.ta
最近，去了美術館。

最後(さいご)まで頑張(がんば)りましょう。

sa.i.go ma.de ga.n.ba.ri.ma.sho.o

努力到最後吧！

仕事(しごと)を探(さが)しています。

shi.go.to o sa.ga.shi.te i.ma.su

在找工作。

先生(せんせい)にプレゼントを差(さ)し上(あ)げます。

se.n.se.e ni pu.re.ze.n.to o sa.shi.a.ge.ma.su

送禮給老師。

再来週(さらいしゅう)テストがあります。

sa.ra.i.shu.u te.su.to ga a.ri.ma.su

下下個星期有考試。

絵(え)に触(さわ)らないでください。

e ni sa.wa.ra.na.i.de ku.da.sa.i

請不要觸摸畫。

産業問題(さんぎょうもんだい)は複雑(ふくざつ)です。

sa.n.gyo.o.mo.n.da.i wa fu.ku.za.tsu de.su

產業問題很複雜。

3才(さんさい)の子供(こども)はまだ字(じ)が読(よ)めません。

sa.n.sa.i no ko.do.mo wa ma.da ji ga yo.me.ma.se.n

三歲的小孩，還不會認字。

テニスの試合(しあい)に参加(さんか)します。

te.ni.su no shi.a.i ni sa.n.ka.shi.ma.su

參加網球比賽。

お母(かあ)さんが子供(こども)の手(て)をしっかり握(にぎ)っています。

o.ka.a.sa.n ga ko.do.mo no te o shi.k.ka.ri ni.gi.t.te i.ma.su

媽媽牢牢地握著小孩的手。

計画(けいかく)が失敗(しっぱい)しました。

ke.e.ka.ku ga shi.p.pa.i.shi.ma.shi.ta

計畫失敗了。

辞書(じしょ)を借(か)りてもいいですか。

ji.sho o ka.ri.te mo i.i de.su ka

可以借字典嗎？

社長(しゃちょう)に報告(ほうこく)します。

sha.cho.o ni ho.o.ko.ku.shi.ma.su

向社長報告。

悪(わる)い習慣(しゅうかん)は直(なお)しましょう。

wa.ru.i shu.u.ka.n wa na.o.shi.ma.sho.o

改掉壞習慣吧！

小(ちい)さいころから柔道(じゅうどう)を習(なら)っています。

chi.i.sa.i ko.ro ka.ra ju.u.do.o o na.ra.t.te i.ma.su

從小時候開始學柔道。

趣味(しゅみ)は絵(え)を描(か)くことです。

shu.mi wa e o ka.ku ko.to de.su

興趣是畫畫。

試験（しけん）に向（む）けて準備（じゅんび）しています。

shi.ke.n ni mu.ke.te ju.n.bi.shi.te i.ma.su

朝考試準備著。

妹（いもうと）も私（わたし）と同（おな）じ小学校（しょうがっこう）です。

i.mo.o.to mo wa.ta.shi to o.na.ji sho.o.ga.k.ko.o de.su

妹妹也和我同一個小學。

月（つき）に1冊（いっさつ）小説（しょうせつ）を読（よ）みます。

tsu.ki ni i.s.sa.tsu sho.o.se.tsu o yo.mi.ma.su

每個月看一本小說。

将来（しょうらい）は医者（いしゃ）になりたいです。

sho.o.ra.i wa i.sha ni na.ri.ta.i de.su

將來想當醫生。

母（はは）は立派（りっぱ）な女性（じょせい）です。

ha.ha wa ri.p.pa.na jo.se.e de.su

母親是位了不起的女性。

試験(しけん)の結果(けっか)を知(し)らせます。

shi.ke.n no ke.k.ka o shi.ra.se.ma.su

通知考試的結果。

母(はは)は私(わたし)の将来(しょうらい)を心配(しんぱい)しています。

ha.ha wa wa.ta.shi no sho.o.ra.i o shi.n.pa.i.shi.te i.ma.su

媽媽擔心著我的未來。

妹(いもうと)に数学(すうがく)を教(おし)えます。

i.mo.o.to ni su.u.ga.ku o o.shi.e.ma.su

教妹妹數學。

目標(もくひょう)に向(む)かって進(すす)みましょう。

mo.ku.hyo.o ni mu.ka.t.te su.su.mi.ma.sho.o

朝著目標前進吧！

仕事(しごと)が無事(ぶじ)に済(す)みました。

shi.go.to ga bu.ji ni su.mi.ma.shi.ta

工作平安地結束了。

241 これから使(つか)い方(かた)の説明(せつめい)をします。

ko.re.ka.ra tsu.ka.i.ka.ta no se.tsu.me.e o shi.ma.su

接下來說明使用方法。

242 先輩(せんぱい)は後輩(こうはい)を世話(せわ)します。

se.n.pa.i wa ko.o.ha.i o se.wa.shi.ma.su

學長照顧學弟學妹。

243 ノートに線(せん)を引(ひ)きました。

no.o.to ni se.n o hi.ki.ma.shi.ta

在筆記上畫了線。

244 戦争(せんそう)はよくありません。

se.n.so.o wa yo.ku a.ri.ma.se.n

戰爭不好。

245 専門(せんもん)は日本文学(にほんぶんがく)です。

se.n.mo.n wa ni.ho.n bu.n.ga.ku de.su

專攻是日本文學。

友達(ともだち)に相談(そうだん)しましょう。

to.mo.da.chi ni so.o.da.n.shi.ma.sho.o

和朋友商量吧！

子供(こども)を育(そだ)てます。

ko.do.mo o so.da.te.ma.su

養育小孩。

去年(きょねん)、大学(だいがく)を卒業(そつぎょう)しました。

kyo.ne.n da.i.ga.ku o so.tsu.gyo.o.shi.ma.shi.ta

去年，大學畢業了。

この学校(がっこう)のソフトは新(あたら)しいです。

ko.no ga.k.ko.o no so.fu.to wa a.ta.ra.shi.i de.su

這學校的軟體是新的。

祖母(そぼ)は日本語(にほんご)が話(はな)せます。

so.bo wa ni.ho.n.go ga ha.na.se.ma.su

祖母會說日語。

雨(あめ)で試合(しあい)は中止(ちゅうし)になりました。

a.me de shi.a.i wa chu.u.shi ni na.ri.ma.shi.ta

因為下雨，所以比賽中止了。

日本語(にほんご)はそれほど難(むずか)しくないです。

ni.ho.n.go wa so.re.ho.do mu.zu.ka.shi.ku.na.i de.su

日語並沒有那麼地困難。

熱(ねつ)が下(さ)がりました。

ne.tsu ga sa.ga.ri.ma.shi.ta

燒退了。

残念(ざんねん)な結果(けっか)になりました。

za.n.ne.n.na ke.k.ka ni na.ri.ma.shi.ta

變成了令人遺憾的結果。

仕方(しかた)がありません。

shi.ka.ta ga a.ri.ma.se.n

沒辦法。

返事(へんじ)が遅(おく)れて大変失礼(たいへんしつれい)しました。

he.n.ji ga o.ku.re.te ta.i.he.n shi.tsu.re.e.shi.ma.shi.ta

回覆晚了，非常失禮。

それで、あなたは何(なん)と言(い)いましたか。

so.re.de a.na.ta wa na.n to i.i.ma.shi.ta ka

那麼，你說了什麼呢？

祖父(そふ)は７５才(ななじゅうごさい)です。

so.fu wa na.na.ju.u.go.sa.i de.su

祖父是七十五歲。

午後(ごご)、大事(だいじ)な会議(かいぎ)があります。

go.go da.i.ji.na ka.i.gi ga a.ri.ma.su

下午，有重要的會議。

事情(じじょう)は大体分(だいたいわ)かりました。

ji.jo.o wa da.i.ta.i wa.ka.ri.ma.shi.ta

事情大致了解了。

彼(かれ)の小説(しょうせつ)はたいてい読(よ)みました。

ka.re no sho.o.se.tsu wa ta.i.te.e yo.mi.ma.shi.ta

他的小說大都看過了。

台風(たいふう)で学校(がっこう)は休(やす)みです。

ta.i.fu.u de ga.k.ko.o wa ya.su.mi de.su

因颱風，學校放假。

3(さん)に2(に)を足(た)すと5(ご)になります。

sa.n ni ni o ta.su to go ni na.ri.ma.su

三加上二等於五。

鞄(かばん)から教科書(きょうかしょ)を出(だ)しました。

ka.ba.n ka.ra kyo.o.ka.sho o da.shi.ma.shi.ta

從包包裡拿出教科書了。

赤(あか)ちゃんが突然(とつぜん)泣(な)き出(だ)しました。

a.ka.cha.n ga to.tsu.ze.n na.ki.da.shi.ma.shi.ta

嬰兒突然哭了起來。

正(ただ)しい答(こた)えを選(えら)びます。

ta.da.shi.i ko.ta.e o e.ra.bi.ma.su

選擇正確的答案。

棚(たな)に本(ほん)が並(なら)んでいます。

ta.na ni ho.n ga na.ra.n.de i.ma.su

架上排列著書籍。

あなたは駄目(だめ)な子供(こども)ではありません。

a.na.ta wa da.me.na ko.do.mo de wa a.ri.ma.se.n

你不是沒用的小孩。

答(こた)えをもう1度(いちど)チェックしましょう。

ko.ta.e o mo.o i.chi.do che.k.ku.shi.ma.sho.o

再一次確認答案吧！

弟(おとうと)は中学校(ちゅうがっこう)に通(かよ)っています。

o.to.o.to wa chu.u.ga.k.ko.o ni ka.yo.t.te i.ma.su

弟弟讀國中。

この問題(もんだい)について質問(しつもん)がありますか。

ko.no mo.n.da.i ni tsu.i.te shi.tsu.mo.n ga a.ri.ma.su ka

就這個問題，有提問嗎？

日本語(にほんご)を勉強(べんきょう)してから、2か月(げつ)が経(た)ちました。

ni.ho.n.go o be.n.kyo.o.shi.te ka.ra ni.ka.ge.tsu ga ta.chi.ma.shi.ta

從學日語開始，已經過了二個月。

日本語(にほんご)の勉強(べんきょう)を続(つづ)けています。

ni.ho.n.go no be.n.kyo.o o tsu.zu.ke.te i.ma.su

持續著日語的學習。

教科書(きょうかしょ)を家(うち)に忘(わす)れてきてしまいました。

kyo.o.ka.sho o u.chi ni wa.su.re.te ki.te shi.ma.i.ma.shi.ta

把教科書忘在家裡了。

彼女(かのじょ)はいつも適当(てきとう)な返事(へんじ)をします。

ka.no.jo wa i.tsu.mo te.ki.to.o.na he.n.ji o shi.ma.su

她總是隨隨便便的回答。

父の仕事を手伝います。

chi.chi no shi.go.to o te.tsu.da.i.ma.su

幫忙爸爸的工作。

スポーツの中でテニスが一番得意です。

su.po.o.tsu no na.ka de te.ni.su ga i.chi.ba.n to.ku.i de.su

運動之中，最擅長網球。

スーパーの手前に本屋があります。

su.u.pa.a no te.ma.e ni ho.n.ya ga a.ri.ma.su

超市的前面有書店。

辞書は今、手元にありません。

ji.sho wa i.ma te.mo.to ni a.ri.ma.se.n

字典現在不在手邊。

試験でいい点を取りたいです。

shi.ke.n de i.i te.n o to.ri.ta.i de.su

想在考試中得高分。

281 一緒に展覧会へ行きましょう。

i.s.sho ni te.n.ra.n.ka.i e i.ki.ma.sho.o

一起去展覽會吧！

282 道具を使って実験します。

do.o.gu o tsu.ka.t.te ji.k.ke.n.shi.ma.su

利用工具做實驗。

283 次の通りに書いてください。

tsu.gi no to.o.ri ni ka.i.te ku.da.sa.i

請照下面的樣子寫。

284 間違いを直します。

ma.chi.ga.i o na.o.shi.ma.su

修正錯誤。

285 娘の悪い癖が直りました。

mu.su.me no wa.ru.i ku.se ga na.o.ri.ma.shi.ta

女兒的壞習慣改好了。

なかなか難(むずか)しい問題(もんだい)です。

na.ka.na.ka mu.zu.ka.shi.i mo.n.da.i de.su

相當困難的問題。

ピッチャーがボールを投(な)げました。

pi.c.cha.a ga bo.o.ru o na.ge.ma.shi.ta

投手投了球。

どうぞご心配(しんぱい)なさらないでください。

do.o.zo go shi.n.pa.i na.sa.ra.na.i.de ku.da.sa.i

請您不要擔心。

大学(だいがく)の生活(せいかつ)に慣(な)れましたか。

da.i.ga.ku no se.e.ka.tsu ni na.re.ma.shi.ta ka

習慣大學的生活了嗎？

毎日(まいにち)日記(にっき)をつけています。

ma.i.ni.chi ni.k.ki o tsu.ke.te i.ma.su

每天寫日記。

来年、高校に入学します。

ra.i.ne.n ko.o.ko.o ni nyu.u.ga.ku.shi.ma.su

明年，要讀高中。

風邪でひどい熱が出ました。

ka.ze de hi.do.i ne.tsu ga de.ma.shi.ta

因為感冒發高燒了。

彼は熱心な先生です。

ka.re wa ne.s.shi.n.na se.n.se.e de.su

他是熱心的老師。

息子は寝坊で困ります。

mu.su.ko wa ne.bo.o de ko.ma.ri.ma.su

兒子貪睡真傷腦筋。

赤ちゃんが眠っています。

a.ka.cha.n ga ne.mu.t.te i.ma.su

嬰兒睡著。

喉(のど)が痛(いた)いです。

no.do ga i.ta.i de.su

喉嚨痛。

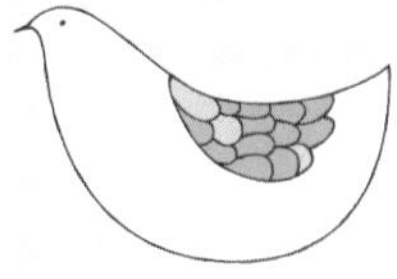

雨(あめ)の場合(ばあい)は中止(ちゅうし)です。

a.me no ba.a.i wa chu.u.shi de.su

下雨的話就停辦。

母(はは)はスーパーでパートの仕事(しごと)をしています。

ha.ha wa su.u.pa.a de pa.a.to no shi.go.to o shi.te i.ma.su

媽媽在超市上排班工作的班。

お手紙(てがみ)を拝見(はいけん)しました。

o te.ga.mi o ha.i.ke.n.shi.ma.shi.ta

拜讀了您的信。

歯医者(はいしゃ)になりたいです。

ha.i.sha ni na.ri.ta.i de.su

想要成為牙醫。

看護師(かんごし)になりたいです。

ka.n.go.shi ni na.ri.ta.i de.su

想要成為護士。

作家(さっか)になりたいです。

sa.k.ka ni na.ri.ta.i de.su

想要成為作家。

仕事(しごと)を始(はじ)めましょう。

shi.go.to o ha.ji.me.ma.sho.o

開始工作吧！

最近(さいきん)、生(い)け花(ばな)を習(なら)い始(はじ)めました。

sa.i.ki.n i.ke.ba.na o na.ra.i.ha.ji.me.ma.shi.ta

最近，開始學插花了。

図書館(としょかん)は勉強(べんきょう)する場所(ばしょ)です。

to.sho.ka.n wa be.n.kyo.o.su.ru ba.sho de.su

圖書館是唸書的場所。

せんせい　き
先生はもう来ているはずです。
se.n.se.e wa mo.o ki.te i.ru ha.zu de.su
老師應該來了。

ほ　は
そんなに褒められると恥ずかしいです。
so.n.na.ni ho.me.ra.re.ru to ha.zu.ka.shi.i de.su
被那樣稱讚，真不好意思。

わかもの　も
若者のほとんどはパソコンを持っています。
wa.ka.mo.no no ho.to.n.do wa pa.so.ko.n o mo.t.te i.ma.su
年輕人幾乎都擁有電腦。

はつおん　れんしゅう
発音の練習をしましょう。
ha.tsu.o.n no re.n.shu.u o shi.ma.sho.o
做發音練習吧！

いけん　い
意見があれば、はっきり言ってください。
i.ke.n ga a.re.ba ha.k.ki.ri i.t.te ku.da.sa.i
如果有意見，請清楚地說出來。

嫌なら、はっきり断りましょう。

i.ya.na.ra ha.k.ki.ri ko.to.wa.ri.ma.sho.o

討厭的話，就斷然地拒絕吧！

姉はピアノの先生です。

a.ne wa pi.a.no no se.n.se.e de.su

姊姊是鋼琴老師。

飛行場で働いています。

hi.ko.o.jo.o de ha.ta.ra.i.te i.ma.su

在機場工作。

美術館は月曜日が休みです。

bi.ju.tsu.ka.n wa ge.tsu.yo.o.bi ga ya.su.mi de.su

美術館星期一休息。

そのニュースを聞いてびっくりしました。

so.no nyu.u.su o ki.i.te bi.k.ku.ri.shi.ma.shi.ta

聽到那則新聞嚇了一跳。

老人(ろうじん)を騙(だま)すなんて、彼(かれ)はひどい人(ひと)です。

ro.o.ji.n o da.ma.su na.n.te ka.re wa hi.do.i hi.to de.su

竟然欺騙老人家，他真是過份的人。

昨日(きのう)の試合(しあい)はひどかったです。

ki.no.o no shi.a.i wa hi.do.ka.t.ta de.su

昨天的比賽慘不忍睹。

道(みち)でごみを拾(ひろ)いました。

mi.chi de go.mi o hi.ro.i.ma.shi.ta

在路上撿了垃圾。

この本(ほん)の意味(いみ)は深(ふか)いです。

ko.no ho.n no i.mi wa fu.ka.i de.su

這本書的意義很深遠。

私(わたし)は普通(ふつう)の家庭(かてい)に育(そだ)ちました。

wa.ta.shi wa fu.tsu.u no ka.te.e ni so.da.chi.ma.shi.ta

我在普通的家庭成長。

一緒(いっしょ)に遊(あそ)びましょう。

i.s.sho ni a.so.bi.ma.sho.o

一起玩吧！

Chapter 6

→ 樂

1 友達(ともだち)に会(あ)います。

to.mo.da.chi ni a.i.ma.su

和朋友見面。

2 彼女(かのじょ)は明(あか)るい性格(せいかく)です。

ka.no.jo wa a.ka.ru.i se.e.ka.ku de.su

她的個性很開朗。

3 花(はな)をあげます。

ha.na o a.ge.ma.su

送花。

4 友達(ともだち)と遊(あそ)びます。

to.mo.da.chi to a.so.bi.ma.su

和朋友玩。

5 あそこは花屋(はなや)です。

a.so.ko wa ha.na.ya de.su

那裡是花店。

私(わたし)は赤(あか)が好(す)きです。

wa.ta.shi wa a.ka ga su.ki de.su

我喜歡紅色。

先輩(せんぱい)から花(はな)をいただきました。

se.n.pa.i ka.ra ha.na o i.ta.da.ki.ma.shi.ta

從學長那收到了花。

犬(いぬ)と出(で)かけます。

i.nu to de.ka.ke.ma.su

和狗一起外出。

犬(いぬ)を散歩(さんぽ)させます。

i.nu o sa.n.po.sa.se.ma.su

遛狗。

嫌(いや)な予感(よかん)がします。

i.ya.na yo.ka.n ga shi.ma.su

有不好的預感。

今すぐお金が必要です。

i.ma su.gu o ka.ne ga hi.tsu.yo.o de.su

馬上需要錢。

ポケットにお金を入れます。

po.ke.t.to ni o ka.ne o i.re.ma.su

把錢放入口袋裡。

鞄を売りました。

ka.ba.n o u.ri.ma.shi.ta

賣了包包。

鞄を買いました。

ka.ba.n o ka.i.ma.shi.ta

買了包包。

うるさい人は嫌いです。

u.ru.sa.i hi.to wa ki.ra.i de.su

討厭囉嗦的人。

16 私も嬉しいです。

wa.ta.shi mo u.re.shi.i de.su

我也很開心。

17 映画館で映画を見ます。

e.e.ga.ka.n de e.e.ga o mi.ma.su

在電影院看電影。

18 駅で会いましょう。

e.ki de a.i.ma.sho.o

在車站碰面吧！

19 デートしましょう。

de.e.to.shi.ma.sho.o

約會吧！

20 お金がたくさんほしいです。

o ka.ne ga ta.ku.sa.n ho.shi.i de.su

想要很多錢。

你也可以這樣說 74 MP3

おととい は休(やす)みでした。

o.to.to.i wa ya.su.mi de.shi.ta

前天休假了。

プールで泳(およ)ぎました。

pu.u.ru de o.yo.gi.ma.shi.ta

在游泳池游了泳。

ビキニを着(き)て泳(およ)ぎました。

bi.ki.ni o ki.te o.yo.gi.ma.shi.ta

穿比基尼游了泳。

プールの水(みず)は冷(つめ)たかったです。

pu.u.ru no mi.zu wa tsu.me.ta.ka.t.ta de.su

游泳池的水很冰。

5時(ごじ)に終(お)わります。

go.ji ni o.wa.ri.ma.su

五點結束。

音楽(おんがく)を聴(き)きます。

o.n.ga.ku o ki.ki.ma.su

聽音樂。

女(おんな)の子(こ)に電話番号(でんわばんごう)を聞(き)きます。

o.n.na.no.ko ni de.n.wa.ba.n.go.o o ki.ki.ma.su

向女孩子要電話號碼。

東京(とうきょう)には外国人(がいこくじん)がたくさんいます。

to.o.kyo.o ni wa ga.i.ko.ku.ji.n ga ta.ku.sa.n i.ma.su

東京有很多外國人。

会社(かいしゃ)を辞(や)めました。

ka.i.sha o ya.me.ma.shi.ta

辭掉了工作。

本(ほん)を買(か)います。

ho.n o ka.i.ma.su

買書。

お金(かね)を返(かえ)しました。

o ka.ne o ka.e.shi.ma.shi.ta

還錢了。

３月(さんがつ)に花見(はなみ)をしましょう。

sa.n.ga.tsu ni ha.na.mi o shi.ma.sho.o

三月的時候一起賞花吧！

お相撲(すもう)さんの体(からだ)は大(おお)きいです。

o su.mo.o sa.n no ka.ra.da wa o.o.ki.i de.su

相撲選手的身體很大。

川(かわ)で遊(あそ)びます。

ka.wa de a.so.bi.ma.su

在河邊玩。

猫(ねこ)はとても可愛(かわい)いです。

ne.ko wa to.te.mo ka.wa.i.i de.su

貓咪非常可愛。

おんがく　き
音楽を聴きます。

o.n.ga.ku o ki.ki.ma.su

聽音樂。

きた　くに　さむ
北の国は寒いです。

ki.ta no ku.ni wa sa.mu.i de.su

北方的國家很冷。

ひ
ギターを弾きます。

gi.ta.a o hi.ki.ma.su

彈吉他。

きっぷ　か
切符を買います。

ki.p.pu o ka.i.ma.su

買票。

きょう　にちようび
今日は日曜日です。

kyo.o wa ni.chi.yo.o.bi de.su

今天是星期天。

41 髪(かみ)を切(き)ります。

ka.mi o ki.ri.ma.su

剪頭髮。

42 きれいな花(はな)をもらいました。

ki.re.e.na ha.na o mo.ra.i.ma.shi.ta

收到漂亮的花了。

43 毎日(まいにち)3キロ(さん)走(はし)ります。

ma.i.ni.chi sa.n.ki.ro ha.shi.ri.ma.su

每天跑三公里。

44 月曜日(げつようび)に映画館(えいがかん)へ行(い)きます。

ge.tsu.yo.o.bi ni e.e.ga.ka.n e i.ki.ma.su

星期一去電影院。

45 おかげ様(さま)でとても楽(たの)しかったです。

o.ka.ge.sa.ma de to.te.mo ta.no.shi.ka.t.ta de.su

託您的福，非常開心。

46 こちらこそ。

ko.chi.ra ko.so

我才是。

47 言葉(ことば)が出(で)ません。

ko.to.ba ga de.ma.se.n

說不出話。

48 子供(こども)は半額(はんがく)です。

ko.do.mo wa ha.n.ga.ku de.su

小孩半價。

49 写真(しゃしん)を撮(と)ります。

sha.shi.n o to.ri.ma.su

拍照。

50 一番(いちばん)好(す)きなスポーツはテニスです。

i.chi.ba.n su.ki.na su.po.o.tsu wa te.ni.su de.su

最喜歡的運動是網球。

好きな人は誰ですか。

su.ki.na hi.to wa da.re de.su ka

喜歡的人是誰呢？

日曜日に野球をします。

ni.chi.yo.o.bi ni ya.kyu.u o shi.ma.su

星期天打棒球。

大使館の前で写真を撮りました。

ta.i.shi.ka.n no ma.e de sha.shi.n o to.ri.ma.shi.ta

在大使館前面拍了照。

パーティーは楽しかったです。

pa.a.ti.i wa ta.no.shi.ka.t.ta de.su

派對很好玩。

お誕生日おめでとうございます。

o ta.n.jo.o.bi o.me.de.to.o go.za.i.ma.su

祝您生日快樂。

56
えいが
この映画はつまらないです。
ko.no e.e.ga wa tsu.ma.ra.na.i de.su
這部電影很無聊。

57
ひま とき なに
暇な時、何をしますか。
hi.ma.na to.ki na.ni o shi.ma.su ka
閒暇時，做些什麼呢？

58
ときどき ともだち あ はん た
時々、友達と会って、ご飯を食べます。
to.ki.do.ki to.mo.da.chi to a.t.te go.ha.n o ta.be.ma.su
偶爾和朋友見面、吃飯。

59
こんしゅう どようび ともだち はなみ よてい
今週の土曜日、友達と花見をする予定です。
ko.n.shu.u no do.yo.o.bi to.mo.da.chi to ha.na.mi o su.ru yo.te.e de.su
這個星期六，打算和朋友賞花。

60
ひと なら
人がたくさん並んでいます。
hi.to ga ta.ku.sa.n na.ra.n.de i.ma.su
很多人在排隊。

日曜日(にちようび)に山登(やまのぼ)りをします。

ni.chi.yo.o.bi ni ya.ma.no.bo.ri o shi.ma.su

星期日去爬山。

彼女(かのじょ)の誕生日(たんじょうび)パーティーをしましょう。

ka.no.jo no ta.n.jo.o.bi pa.a.ti.i o shi.ma.sho.o

辦個她的生日派對吧！

初(はじ)めて1人(ひとり)で旅行(りょこう)をします。

ha.ji.me.te hi.to.ri de ryo.ko.o o shi.ma.su

第一次一個人旅行。

母(はは)の日(ひ)に花(はな)を贈(おく)ります。

ha.ha no hi ni ha.na o o.ku.ri.ma.su

母親節的時候，要送花。

電話番号(でんわばんごう)を教(おし)えてください。

de.n.wa.ba.n.go.o o o.shi.e.te ku.da.sa.i

請告訴我電話號碼。

暇な時は電話してください。

hi.ma.na to.ki wa de.n.wa.shi.te ku.da.sa.i

有空的時候，請給我電話。

ろうそくに火を点けます。

ro.o.so.ku ni hi o tsu.ke.ma.su

點蠟燭。

ろうそくを吹きます。

ro.o.so.ku o fu.ki.ma.su

吹蠟燭。

ホテルに泊まります。

ho.te.ru ni to.ma.ri.ma.su

住飯店。

また遊びに来ます。

ma.ta a.so.bi ni ki.ma.su

下次再來玩。

まだ早(はや)いです。

ma.da ha.ya.i de.su

還早。

猫(ねこ)に餌(えさ)をやりました。

ne.ko ni e.sa o ya.ri.ma.shi.ta

餵飼料給貓咪了。

子供(こども)にミルクをやりました。

ko.do.mo ni mi.ru.ku o ya.ri.ma.shi.ta

餵奶給小孩了（幫小孩餵奶了）。

花(はな)に水(みず)をやってください。

ha.na ni mi.zu o ya.t.te ku.da.sa.i

請幫花澆水。

彼(かれ)は有名(ゆうめい)な歌手(かしゅ)です。

ka.re wa yu.u.me.e na ka.shu de.su

他是有名的歌手。

私の趣味は旅行です。

wa.ta.shi no shu.mi wa ryo.ko.o de.su

我的興趣是旅行。

来週、家族と旅行します。

ra.i.shu.u ka.zo.ku to ryo.ko.o.shi.ma.su

下星期，和家人去旅行。

日曜日、海へ遊びに行きました。

ni.chi.yo.o.bi u.mi e a.so.bi ni i.ki.ma.shi.ta

星期日，去海邊玩了。

人が大勢集まりました。

hi.to ga o.o.ze.e a.tsu.ma.ri.ma.shi.ta

聚集了很多人。

這樣說
80

いつかアフリカに行って見たいです。

i.tsu.ka a.fu.ri.ka ni i.t.te mi.ta.i de.su

有朝一日想去非洲看看。

老師教你說 77 MP3

81 1000円以下なら買います。

se.n.e.n i.ka na.ra ka.i.ma.su

如果一千元日幣以下的話就買。

82 日曜日以外は外出しています。

ni.chi.yo.o.bi i.ga.i wa ga.i.shu.tsu.shi.te i.ma.su

除了星期天以外都外出。

83 神様に祈ります。

ka.mi.sa.ma ni i.no.ri.ma.su

向神明祈求。

84 ボールを手で受けました。

bo.o.ru o te de u.ke.ma.shi.ta

用手接球了。

85 祭りで太鼓を打ちます。

ma.tsu.ri de ta.i.ko o u.chi.ma.su

在祭典上打太鼓。

雪の景色は美しいです。
yu.ki no ke.shi.ki wa u.tsu.ku.shi.i de.su
雪景很美麗。

兄は昨日、テレビに映りました。
a.ni wa ki.no.o te.re.bi ni u.tsu.ri.ma.shi.ta
哥哥昨天上電視了。

そろそろ枝を切りましょう。
so.ro.so.ro e.da o ki.ri.ma.sho.o
差不多該來修剪樹枝了！

好きな色を選びます。
su.ki.na i.ro o e.ra.bi.ma.su
選擇喜歡的顏色。

お金持ちになりたいです。
o ka.ne.mo.chi ni na.ri.ta.i de.su
想要成為有錢人。

贈(おく)り物(もの)を選(えら)びます。

o.ku.ri.mo.no o e.ra.bi.ma.su

選贈品。

お嬢(じょう)さんは音楽(おんがく)が好(す)きですか。

o.jo.o.sa.n wa o.n.ga.ku ga su.ki de.su ka

令嬡喜歡音樂嗎？

彼女(かのじょ)はお嬢(じょう)さんで、何(なに)も分(わ)かりません。

ka.no.jo wa o.jo.o.sa.n de na.ni mo wa.ka.ri.ma.se.n

她是千金大小姐，什麼都不懂。

気分(きぶん)が悪(わる)いので、先(さき)に帰(かえ)ります。

ki.bu.n ga wa.ru.i no.de sa.ki ni ka.e.ri.ma.su

因為不舒服，先回去。

秋(あき)になると、葉(は)が落(お)ちます。

a.ki ni na.ru to ha ga o.chi.ma.su

一到秋天，葉子就掉落。

お名前(なまえ)は何(なん)とおっしゃいますか。

o na.ma.e wa na.n to o.s.sha.i.ma.su ka

請問您貴姓大名？

歌(うた)を歌(うた)いながら踊(おど)ります。

u.ta o u.ta.i.na.ga.ra o.do.ri.ma.su

邊唱歌邊跳舞。

驚(おどろ)いて何(なに)も言(い)えません。

o.do.ro.i.te na.ni mo i.e.ma.se.n

因為嚇到，什麼都說不出來。

友達(ともだち)のお見舞(みま)いに行(い)きました。

to.mo.da.chi no o mi.ma.i ni i.ki.ma.shi.ta

去探朋友的病了。

日本(にほん)でお土産(みやげ)を買(か)いました。

ni.ho.n de o mi.ya.ge o ka.i.ma.shi.ta

在日本買了土產。

你也可以這樣說 78 MP3

合格(ごうかく)おめでとうございます。

go.o.ka.ku o.me.de.to.o go.za.i.ma.su

恭喜您合格。

昔(むかし)のことを思(おも)い出(だ)しました。

mu.ka.shi no ko.to o o.mo.i.da.shi.ma.shi.ta

想起了以前的事。

子供(こども)におもちゃを送(おく)ります。

ko.do.mo ni o.mo.cha o o.ku.ri.ma.su

送玩具給小孩。

紙(かみ)で鶴(つる)を折(お)ります。

ka.mi de tsu.ru o o.ri.ma.su

用紙折鶴。

両親(りょうしん)にお礼(れい)を言(い)います。

ryo.o.shi.n ni o re.e o i.i.ma.su

向雙親致謝。

じゅうにがつさんじゅういちにち　いちねん　お
１2月 3 1日は１年の終わりです。

ju.u.ni.ga.tsu sa.n.ju.u.i.chi.ni.chi wa i.chi.ne.n no o.wa.ri de.su

十二月三十一日是一年的結束。

けんさ　けっか　き　あんしん
検査の結果を聞いて安心しました。

ke.n.sa no ke.k.ka o ki.i.te a.n.shi.n.shi.ma.shi.ta

聽到檢查的結果安心了。

じゅうにがつ　ぼうねんかい　おこな
１2月に忘年会を行います。

ju.u.ni.ga.tsu ni bo.o.ne.n.ka.i o o.ko.na.i.ma.su

十二月的時候舉行忘年會。

しんぱい
心配をかけました。

shi.n.pa.i o ka.ke.ma.shi.ta

讓人擔心了。

ほたる　はか　かな　えいが
「蛍の墓」は悲しい映画です。

ho.ta.ru no ha.ka wa ka.na.shi.i e.e.ga de.su

《螢火蟲之墓》是悲傷的電影。

両親(りょうしん)に彼女(かのじょ)を紹介(しょうかい)します。

ryo.o.shi.n ni ka.no.jo o sho.o.ka.i.shi.ma.su

介紹女朋友給父母親（認識）。

全然(ぜんぜん)かまいません。

ze.n.ze.n ka.ma.i.ma.se.n

一點都沒關係。

犬(いぬ)に噛(か)まれました。

i.nu ni ka.ma.re.ma.shi.ta

被狗咬了。

日曜日(にちようび)に彼(かれ)とデートしました。

ni.chi.yo.o.bi ni ka.re to de.e.to.shi.ma.shi.ta

星期日和男朋友約會了。

林(りん)さんの代(か)わりに私(わたし)が来(き)ました。

ri.n sa.n no ka.wa.ri ni wa.ta.shi ga ki.ma.shi.ta

我代替林先生來了。

2人(ふたり)はどんな関係(かんけい)ですか。

fu.ta.ri wa do.n.na ka.n.ke.e de.su ka

二位是什麼樣的關係呢？

危険(きけん)なところで遊(あそ)ばないでください。

ki.ke.n.na to.ko.ro de a.so.ba.na.i.de ku.da.sa.i

請不要在危險的地方玩。

遠(とお)くて聞(き)こえません。

to.o.ku.te ki.ko.e.ma.se.n

太遠了，聽不見。

今日(きょう)の気分(きぶん)はいかがですか。

kyo.o no ki.bu.n wa i.ka.ga de.su ka

今天的心情如何呢？

旅行(りょこう)の日程(にってい)が決(き)まりました。

ryo.ko.o no ni.t.te.e ga ki.ma.ri.ma.shi.ta

旅行的日程決定了。

121 心(こころ)を決(き)めました。
ko.ko.ro o ki.me.ma.shi.ta
心意已決。

122 あなたの気持(きも)ちはよく分(わ)かります。
a.na.ta no ki.mo.chi wa yo.ku wa.ka.ri.ma.su
我很了解你的心情。

123 急(きゅう)なことなので、準備(じゅんび)ができていません。
kyu.u.na ko.to na.no.de ju.n.bi ga de.ki.te i.ma.se.n
因為是突發的事情，所以沒準備好。

124 具合(ぐあい)が悪(わる)いので、会社(かいしゃ)を休(やす)みました。
gu.a.i ga wa.ru.i no.de ka.i.sha o ya.su.mi.ma.shi.ta
因為不舒服，所以向公司請假了。

125 きりんの首(くび)は長(なが)いです。
ki.ri.n no ku.bi wa na.ga.i de.su
長頸鹿的脖子很長。

雲(くも)の形(かたち)はいろいろあります。

ku.mo no ka.ta.chi wa i.ro.i.ro a.ri.ma.su

雲的形狀有各式各樣。

姉(あね)が私(わたし)にお金(かね)をくれました。

a.ne ga wa.ta.shi ni o ka.ne o ku.re.ma.shi.ta

姊姊給了我錢。

コンサートを計画(けいかく)しています。

ko.n.sa.a.to o ke.e.ka.ku.shi.te i.ma.su

正在籌辦演唱會。

激(はげ)しい恋(こい)をしたいです。

ha.ge.shi.i ko.i o shi.ta.i de.su

想談轟轟烈烈的戀愛。

決(けっ)してほかの人(ひと)に話(はな)してはいけません。

ke.s.shi.te ho.ka no hi.to ni ha.na.shi.te wa i.ke.ma.se.n

絕對不可以跟別人說。

2人（ふたり）はいつも喧嘩（けんか）しています。

fu.ta.ri wa i.tsu.mo ke.n.ka.shi.te i.ma.su

二個人老是吵架。

ビール工場（こうじょう）を見学（けんがく）します。

bi.i.ru.ko.o.jo.o o ke.n.ga.ku.shi.ma.su

參觀啤酒工廠。

家（うち）の子（こ）はとても元気（げんき）です。

u.chi no ko wa to.te.mo ge.n.ki de.su

我家的小孩非常有朝氣。

休（やす）みの時（とき）、郊外（こうがい）へ行（い）きましょう。

ya.su.mi no to.ki ko.o.ga.i e i.ki.ma.sho.o

放假的時候，去郊外吧！

両親（りょうしん）は国際結婚（こくさいけっこん）に反対（はんたい）です。

ryo.o.shi.n wa ko.ku.sa.i ke.k.ko.n ni ha.n.ta.i de.su

父母反對跨國婚姻。

136

ふたり　こころ　かよ　あ
2人の心は通い合っています。
fu.ta.ri no ko.ko.ro wa ka.yo.i.a.t.te i.ma.su
二個人的心靈相通。

137

かのじょ　こころ　ひろ
彼女は心が広いです。
ka.no.jo wa ko.ko.ro ga hi.ro.i de.su
她的心胸寬大。

138

しゅうまつ　えいがかん　こ
週末の映画館は混んでいます。
shu.u.ma.tsu no e.e.ga.ka.n wa ko.n.de i.ma.su
週末的電影院很擁擠。

139

えいが　こわ
あの映画は怖いです。
a.no e.e.ga wa ko.wa.i de.su
那部電影很恐怖。

Ch6 樂

140

きのう　ともだち　い
昨日、友達とコンサートに行きました。
ki.no.o to.mo.da.chi to ko.n.sa.a.to ni i.ki.ma.shi.ta
昨天和朋友去了演唱會。

あと3日(みっか)で年(とし)が暮(く)れます。

a.to mi.k.ka de to.shi ga ku.re.ma.su

再三天就年終了。

値段(ねだん)を下(さ)げます。

ne.da.n o sa.ge.ma.su

降價。

公園(こうえん)で子供(こども)たちが騒(さわ)いでいます。

ko.o.e.n de ko.do.mo ta.chi ga sa.wa.i.de i.ma.su

公園裡，孩子們嬉鬧著。

来週(らいしゅう)、彼(かれ)と結婚式(けっこんしき)を挙(あ)げます。

ra.i.shu.u ka.re to ke.k.ko.n.shi.ki o a.ge.ma.su

下星期，和男朋友舉辦結婚典禮。

学生時代(がくせいじだい)、よくあの店(みせ)へ行(い)きました。

ga.ku.se.e ji.da.i yo.ku a.no mi.se e i.ki.ma.shi.ta

學生時代，經常去那間店。

明日(あした)、パーティーに出席(しゅっせき)します。

a.shi.ta pa.a.ti.i ni shu.s.se.ki.shi.ma.su

明天，出席派對。

私(わたし)の彼氏(かれし)を紹介(しょうかい)します。

wa.ta.shi no ka.re.shi o sho.o.ka.i.shi.ma.su

介紹我的男朋友（給大家認識）。

水泳(すいえい)の練習(れんしゅう)は午後(ごご)からです。

su.i.e.e no re.n.shu.u wa go.go ka.ra de.su

游泳的練習從下午開始。

約束(やくそく)の時間(じかん)はもう過(す)ぎました。

ya.ku.so.ku no ji.ka.n wa mo.o su.gi.ma.shi.ta

約定的時間已經過了。

映画館(えいがかん)のスクリーンは大(おお)きいです。

e.e.ga.ka.n no su.ku.ri.i.n wa o.o.ki.i de.su

電影院的銀幕很大。

彼女はすごい美人です。

ka.no.jo wa su.go.i bi.ji.n de.su

她是非常美麗的人。

昔のことはすっかり忘れました。

mu.ka.shi no ko.to wa su.k.ka.ri wa.su.re.ma.shi.ta

過去的事，完全忘了。

ずっとここで待っています。

zu.t.to ko.ko de ma.t.te i.ma.su

一直在這裡等。

サッカーの試合は素晴らしかったです。

sa.k.ka.a no shi.a.i wa su.ba.ra.shi.ka.t.ta de.su

足球比賽很精采。

安い給料で生活しています。

ya.su.i kyu.u.ryo.o de se.e.ka.tsu.shi.te i.ma.su

靠微薄的薪水度日。

料金を精算してください。

ryo.o.ki.n o se.e.sa.n.shi.te ku.da.sa.i

請結算費用。

是非、1度遊びに来てください。

ze.hi i.chi.do a.so.bi ni ki.te ku.da.sa.i

請務必來玩一趟。

先輩と出かけます。

se.n.pa.i to de.ka.ke.ma.su

和前輩外出。

この店は20代の人に人気があります。

ko.no mi.se wa ni.ju.u.da.i no hi.to ni ni.n.ki ga a.ri.ma.su

這間店受到二十多歲人的歡迎。

ほとんどの大学生はアルバイトをしています。

ho.to.n.do no da.i.ga.ku.se.e wa a.ru.ba.i.to o shi.te i.ma.su

大部分的大學生都打著工。

老師教你說 81 MP3

161 薬(くすり)を飲(の)んでから、だいぶよくなりました。

ku.su.ri o no.n.de ka.ra da.i.bu yo.ku na.ri.ma.shi.ta

吃藥之後，好多了。

162 彼女(かのじょ)は私(わたし)の理想(りそう)のタイプです。

ka.no.jo wa wa.ta.shi no ri.so.o no ta.i.pu de.su

她是我理想的類型。

163 コンサートの確(たし)かな日(ひ)にちが決(き)まりましたか。

ko.n.sa.a.to no ta.shi.ka.na hi.ni.chi ga ki.ma.ri.ma.shi.ta ka

演唱會確切的日期決定了嗎？

164 明日(あした)の旅行(りょこう)が楽(たの)しみです。

a.shi.ta no ryo.ko.o ga ta.no.shi.mi de.su

期待明天的旅行。

165 一緒(いっしょ)に釣(つ)りをしましょう。

i.s.sho ni tsu.ri o shi.ma.sho.o

一起釣魚吧！

たまにコンサートへ行(い)きます。
ta.ma ni ko.n.sa.a.to e i.ki.ma.su
偶爾會去演唱會。

2000円(にせんえん)あれば足(た)ります。
ni.se.n.e.n a.re.ba ta.ri.ma.su
有二千日圓的話就夠。

やさしい男性(だんせい)が好(す)きです。
ya.sa.shi.i da.n.se.e ga su.ki de.su
喜歡溫柔的男性。

可愛(かわい)い女性(じょせい)が好(す)きです。
ka.wa.i.i jo.se.e ga su.ki de.su
喜歡可愛的女性。

玉(たま)ちゃんは私(わたし)の友達(ともだち)です。
ta.ma cha.n wa wa.ta.shi no to.mo.da.chi de.su
小玉是我的朋友。

日本へ行く計画は中止しました。

ni.ho.n e i.ku ke.e.ka.ku wa chu.u.shi.shi.ma.shi.ta

到日本的計畫中止了。

きれいな紙でプレゼントを包みます。

ki.re.e.na ka.mi de pu.re.ze.n.to o tsu.tsu.mi.ma.su

用漂亮的紙包裝禮物。

最初から買うつもりでした。

sa.i.sho ka.ra ka.u tsu.mo.ri de.shi.ta

一開始就打算買。

魚をたくさん釣りました。

sa.ka.na o ta.ku.sa.n tsu.ri.ma.shi.ta

釣了很多魚。

適当な仕事が見つかりません。

te.ki.to.o.na shi.go.to ga mi.tsu.ka.ri.ma.se.n

找不到適合的工作。

店員(てんいん)の仕事(しごと)は暇(ひま)です。

te.n.i.n no shi.go.to wa hi.ma de.su

店員的工作很閒。

動物園(どうぶつえん)にたくさんの動物(どうぶつ)がいます。

do.o.bu.tsu.e.n ni ta.ku.sa.n no do.o.bu.tsu ga i.ma.su

動物園裡有很多的動物。

彼(かれ)は私(わたし)にとって特別(とくべつ)な人(ひと)です。

ka.re wa wa.ta.shi ni to.t.te to.ku.be.tsu.na hi.to de.su

他對我來說，是特別的人。

携帯(けいたい)はとても役(やく)に立(た)ちます。

ke.e.ta.i wa to.te.mo ya.k ni ta.chi.ma.su

行動電話非常有用。

噂(うわさ)を立(た)てます。

u.wa.sa o ta.te.ma.su

散播謠言。

你也可以這樣說 82 MP3

傷口から血が出ました。

ki.zu.gu.chi ka.ra chi ga de.ma.shi.ta

傷口流血了。

伝統文化を守りたいです。

de.n.to.o bu.n.ka o ma.mo.ri.ta.i de.su

想要維護傳統文化。

虎が動物園から逃げ出しました。

to.ra ga do.o.bu.tsu.e.n ka.ra ni.ge.da.shi.ma.shi.ta

老虎從動物園逃跑了。

雨にぬれてしまいました。

a.me ni nu.re.te shi.ma.i.ma.shi.ta

被雨淋濕了。

値段が高いので、買えません。

ne.da.n ga ta.ka.i no.de ka.e.ma.se.n

因為價錢高，所以買不起。

お金(かね)はいくら残(のこ)っていますか。

o ka.ne wa i.ku.ra no.ko.t.te i.ma.su ka

錢還剩多少呢？

値段(ねだん)は2倍(にばい)になりました。

ne.da.n wa ni.ba.i ni na.ri.ma.shi.ta

價錢變成二倍了。

手相(てそう)を拝見(はいけん)しましょう。

te.so.o o ha.i.ke.n.shi.ma.sho.o

（我來）看您的手相吧！

日本(にほん)へ花見(はなみ)に行(い)きませんか。

ni.ho.n e ha.na.mi ni i.ki.ma.se.n ka

要不要去日本賞花呢？

レジでお金(かね)を払(はら)います。

re.ji de o ka.ne o ha.ra.i.ma.su

在收銀台付錢。

この番組(ばんぐみ)はとても面白(おもしろ)いです。

ko.no ba.n.gu.mi wa to.te.mo o.mo.shi.ro.i de.su

這節目非常有趣。

船(ふね)で沖縄(おきなわ)へ遊(あそ)びに行(い)きます。

fu.ne de o.ki.na.wa e a.so.bi ni i.ki.ma.su

搭船去沖繩玩。

バレンタインデーのチョコを買(か)いに行(い)きます。

ba.re.n.ta.i.n.de.e no cho.ko o ka.i ni i.ki.ma.su

去買情人節的巧克力。

毎晩(まいばん)ラジオを聴(き)いています。

ma.i.ba.n ra.ji.o o ki.i.te i.ma.su

每天晚上聽著廣播。

野球(やきゅう)の試合(しあい)で負(ま)けました。

ya.kyu.u no shi.a.i de ma.ke.ma.shi.ta

在棒球的比賽上輸了。

まずゆっくり休(やす)みましょう。

ma.zu yu.k.ku.ri ya.su.mi.ma.sho.o

先好好地休息吧！

近所(きんじょ)でお祭(まつ)りがあります。

ki.n.jo de o ma.tsu.ri ga a.ri.ma.su

附近有祭典。

学生(がくせい)たちはよく漫画(まんが)を読(よ)んでいます。

ga.ku.se.e ta.chi wa yo.ku ma.n.ga o yo.n.de i.ma.su

學生們常看漫畫。

海(うみ)の底(そこ)に珍(めずら)しい魚(さかな)が見(み)えます。

u.mi no so.ko ni me.zu.ra.shi.i sa.ka.na ga mi.e.ma.su

海底裡，可以看見珍貴的魚。

パーティーにはもちろん参加(さんか)します。

pa.a.ti.i ni wa mo.chi.ro.n sa.n.ka.shi.ma.su

派對當然會參加。

01 日本的祭典

老師教你的
日本生活指南

02 日本的節日

日本的祭典

日本是一個熱愛祭典的民族，每年大大小小的祭典合起來，不下數百個，建議您在每次赴日旅遊前，都能夠先上網輸入關鍵字「日本の祭一覧」，查詢自己要去的地方何時會舉辦祭典，如此一來，旅程會更有收穫喔！以下介紹幾個日本知名祭點：

青森市 青森ねぶた祭り（青森佞武多祭）

地點　青森縣青森市

舉辦時間　每年八月二日～七日

交通　JR「青森」站下車

特色

「青森佞武多祭」在一九八〇年，被日本指定為「國家重要無形民俗文化財產」。在一年一次為期六天的祭典裡，每天都擁入五十萬以上的人潮。

此祭典最大的特色，就是在活動進行時，街道上隨處可見宏偉壯觀、氣勢非凡、美輪美奐、有如藝術品般的「立體燈籠花車」。來到此地，若能租件祭典用的專用浴衣，一邊喊著「ラッセラーラッセラー」（< ra.s.se.ra.a ra.s.se.ra.a >；此祭典之口號，有打起精神、加油之意），一邊跟著遊行，絕對能創造出難忘的夏日回憶。

仙台市（せんだいし） 仙台七夕まつり（せんだいたなばた）（仙台七夕祭）

地點　宮城縣仙台市

舉辦時間　每年八月六日～八日

交通　JR「仙台」站下車

特色

日本東北地區有三大祭典，分別是青森縣的「青森佞武多祭」、宮城縣的「仙台七夕祭」、以及秋田縣的「竿燈祭」。其中以較為靜態的「仙台七夕祭」吸引最多人潮，單日拜訪人數高達七十萬人以上。

此祭典的由來，顧名思義，一開始是為了祭拜牛郎與織女星。現在最大的特色，則是在活動前一天，也就是八月五日晚上，會發放一萬發以上的煙火，照亮整個夜空，宣告歡樂的祭典就要開始。而為期三天的祭典，商店街高掛著三千枝的巨型綠竹，上面綁著七彩繽紛的裝飾，每當清風吹來，綠竹上的流蘇隨著飄動，真是美不勝收。

東京都（とうきょうと） 浅草三社祭（あさくささんじゃまつり）（淺草三社祭）

地點　東京都台東區淺草神社

舉辦時間　每年五月第三週的星期五、六、日

交通　　　東京都地下鐵「淺草」站下車

特色

「三社祭」是每年五月第三週的週五到週日，在東京都台東區淺草神社舉辦的祭典，正式名稱為「淺草神社例大祭」。

短短三天的活動中，大約會有二百萬人慕名前來共襄盛舉。而活動中最熱鬧的，莫過於「抬神轎」活動了。在那一天，淺草的每一個町會，會抬自己的神轎在街上遊行，接著搶攻淺草寺，好不熱鬧。看著水洩不通的人潮、抬著轎子的熱情江戶男兒、穿著祭典服飾的男女老少，您會發現另一個與眾不同的東京。

京都市（きょうとし）　祇園祭り（ぎおんまつり）（祇園祭）

地點　　　京都府京都市祇園町八坂神社

舉辦時間　每年七月一日～三十一日

交通　　　JR「京都」站下車

特色

「祇園祭」是京都八坂神社的祭典，它是京都三大祭典之一。

此祭典據說源自於西元八六九年，當時由於到處都是瘟疫，所以居民請出神祇在市內巡行，藉以祈求人民平安健康。時至今日，祭典依然維持傳統，而活動中最值得一看的，就屬「山鉾（祭典神轎）巡行」了。在巡行過程中，山鉾數次九十度大轉彎的驚險與刺激，帶給遊客無數的高潮和驚喜。

福岡市（ふくおかし） 博多祇園山笠（はかたぎおんやまがさ）（博多祇園山笠）

地點　福岡縣福岡市博多區

舉辦時間　每年七月一日～十五日

交通　JR「博多」站下車

特色

已有七百年歷史的「博多祇園山笠」，正式名稱為「櫛田神社祇園例大祭」，現已被日本政府指定為國家無形民俗文化財產。

此祭典一開始，也是因為當時到處都是瘟疫，所以舉辦神祇巡行活動，藉以消災解厄。如今這個活動，不但祈求眾人平安健康，也成了當地居民一年一度最重要的盛會。在活動當中，被稱為「山笠」的巡行神轎豪華壯麗，幾乎要幾十位壯漢才抬得動。當神轎巡行時，架勢十足，聲勢浩大，教人震撼不已。

日本的節日

儘管日本給人的印象是熱愛工作的民族，好像全年無休，但事實上，日本的國定假日可不少呢！

日本的國定假日合起來大約有二十天，再加上週休二日制，以及國定假日遇到週六和週日也一定會補休，所以一年裡有好幾個時段，一定會遇到大連假。在此提醒親愛的讀者，可以參考以下的整理，設定出國的時間，免得人擠人喔！

一月～三月的國定假日

元日（がんじつ）一月一日　元旦

日本的過年。為了迎接神明，日本人會在家門上裝飾年松，並享用在除夕夜（十二月三十一日）之前就準備好的涼涼的年菜。此外，也會到神社或寺廟做「初詣（はつもうで）」（新年首次參拜）。

成人（せいじん）の日（ひ）一月的第二個星期一　成人之日

為慶祝年滿二十歲的青年男女長大成人的節日。期盼藉由這個節日，提醒他們已經成年，希望他們能夠自己克服困難。如果這一天到日本玩，可以在街上看到很多二十歲的女孩子們，穿著華麗和服的可愛模樣哦！

けんこくきねんひ
建国記念の日二月十一日　建國紀念日

日本神武天皇即位的日子。希望藉由這個日子，提升日本國民的愛國心。

てんのうたんじょうび
天皇誕生日二月二十三日　天皇誕生日

現任「德仁」天皇的生日。

しゅんぶんひ
春分の日三月十九日到二十二日的其中一天

春分之日

春分，即晝夜一樣長的日子。

四月～六月的國定假日

しょうわひ
昭和の日四月二十九日　昭和之日

日本昭和天皇的生日。期盼大家藉由這個日子，緬懷讓日本一躍成為強國的昭和時代，並為國家的未來而努力。

けんぽうきねんび
憲法記念日五月三日　憲法紀念日

日本立憲的紀念日。

ひ
みどりの日五月四日　綠之日

希望大家親近自然、並愛護自然的節日。

こどもの日 五月五日　兒童節

五月五日原為日本的端午節，是祈願男孩成長的日子，現在則改稱兒童節。在這一天，家裡有男孩的家庭，會掛上「鯉のぼり」（鯉魚旗）。看到許許多多的鯉魚旗在新綠下迎風招展，好不開心。

七月～九月的國定假日

海の日 七月的第三個星期一　海之日

感謝海洋賜予人類的恩惠，並期盼以海洋立國的日本永遠興盛的節日。

山の日 八月十一日　山之日

讓國民有更多機會親近山林、感謝山林所提供的恩惠。

敬老の日 九月的第三個星期一　敬老節

希望大家尊敬老年人、並祝福他們長壽的節日。在這一天，有老年人的家庭，多會聚餐或送上賀禮。

秋分の日 九月二十二日到二十四日的其中一天　秋分之日

秋分，即晝夜一樣長的日子。

十月～十二月的國定假日

スポーツの日 十月的第二個星期一　運動節

日本將「鼓勵大家多運動、培養身心健康」的運動節，訂在秋高氣爽、最適合運動的秋天。每年到了這個時候，不只是學校，連各町、各區也會舉辦運動會，加油聲此起彼落，好不熱鬧！

文化(ぶんか)の日(ひ) 十一月三日　文化之日

希望日本國人愛惜自由與和平，並促進文化的日子。

勤労感謝(きんろうかんしゃ)の日(ひ) 十一月二十三日　勤勞感謝之日

尊敬勤勞者、感謝生產者的節日。

日本三大連休假期

ゴールデンウィーク 四月底五月初　黃金週

從四月底的「昭和之日」，到五月初的「憲法紀念日」、「綠之日」、「兒童節」都是國定假日，再加上週末和週日，所以往往有一個星期以上的連續假期，也無怪乎被稱為Golden week（黃金週）了。

お盆(ぼん) 八月十五日前後　盂蘭盆節

八月十五日前後的「盂蘭盆節」是日本人迎接祖先亡靈、祈求闔家平安繁榮的傳統節慶，雖不是國定假日，但是有「お盆休(ぼんやす)み」（盂蘭盆節假期）的公司很多，所以到處都是返鄉的人潮。

年末年始(ねんまつねんし) 十二月二十九日～一月三日　年終與年初

日本的過年是國曆一月一日，十二月二十八日是公家機關「仕事納(しごとおさ)め」（工作終了）的日子，所以年假會從十二月二十九日開始，一直放到一月三日。若遇到週末、週日，假期也會跟著順延喔！

國家圖書館出版品預行編目資料

日本老師教你的生活萬用句 新版 / 元氣日語編輯小組編著
-- 修訂初版 -- 臺北市：瑞蘭國際, 2023.09
352面；10.4×16.2公分 --（隨身外語系列；68）
ISBN：978-626-7274-61-3（平裝）
1.CST：日語 2.CST：會話

803.188 112014939

隨身外語系列 68

日本老師教你的生活萬用句 新版

編著者｜元氣日語編輯小組
責任編輯｜王愿琦、葉仲芸
校對｜こんどうともこ、王愿琦

日語錄音｜杉本好美・錄音室｜不凡數位錄音室
封面設計｜陳如琪・版型設計｜張芝瑜
內文排版｜張芝瑜、帛格有限公司・美術插畫｜Ruei Yang

瑞蘭國際出版

董事長｜張暖彗・社長兼總編輯｜王愿琦
編輯部
副總編輯｜葉仲芸・主編｜潘治婷
設計部主任｜陳如琪
業務部
經理｜楊米琪・主任｜林湲洵・組長｜張毓庭

出版社｜瑞蘭國際有限公司・地址｜台北市大安區安和路一段104號7樓之1
電話｜(02)2700-4625・傳真｜(02)2700-4622・訂購專線｜(02)2700-4625
劃撥帳號｜19914152 瑞蘭國際有限公司
瑞蘭國際網路書城｜www.genki-japan.com.tw

法律顧問｜海灣國際法律事務所　呂錦峯律師

總經銷｜聯合發行股份有限公司・電話｜(02)2917-8022、2917-8042
傳真｜(02)2915-6275、2915-7212・印刷｜科億印刷股份有限公司
出版日期｜2023年09月初版1刷・定價｜380元・ISBN｜978-626-7274-61-3

本書採用環保大豆油墨印製

瑞蘭國際

瑞蘭國際